魔法科高校の劣等生
夜《ヨル》の帳に闇《ヤミ》は閃
The irregular at magic high school The Dark flashes in the Night's veil
佐島 勤
Tsutomu Sato
illustration／石田可奈
Kana Ishida
illustrator assistant／ジミー・ストーン、末永康子
design／BEE-PEE

HISTORY

2094年4月
榛有希、司波達也の暗殺計画に失敗
殺し屋組織である亜貿社は黒羽家の傘下に入る

2095年4月3日
司波達也、司波深雪、国立魔法大学付属第一高校に入学

2097年8月4日
通称『シバ・ショック』が発生
司波達也が全世界に声明を発信

2098年3月15日
司波達也、司波深雪、国立魔法大学付属第一高校を卒業

2098年4月
司波達也、司波深雪、国立魔法大学に入学

2099年3月14日
黒羽亜夜子、黒羽文弥、国立魔法大学付属第四高校を卒業

2099年4月4日
黒羽亜夜子、黒羽文弥、国立魔法大学に入学

2099年4月6日
十文字アリサ、遠上茉莉花、国立魔法大学付属第一高校に入学

2100年4月11日
九島光宣、桜井水波、衛星軌道居住施設『高千穂』と共に宇宙へ

2100年4月24日
魔法資質保持者の国際互助組織メイジアン・ソサエティが設立

2100年4月26日
一般社団法人メイジアン・カンパニー設立

"The irregular at magic high school
The Dark flashes in the Night's veil

魔法科高校の劣等生
夜《ヨル》の帳に闇《ヤミ》は閃く

The irregular at magic high school
The Dark flashes in the Night's veil

佐島勤
Tsutomu Sato
illustration／石田可奈
Kana Ishida

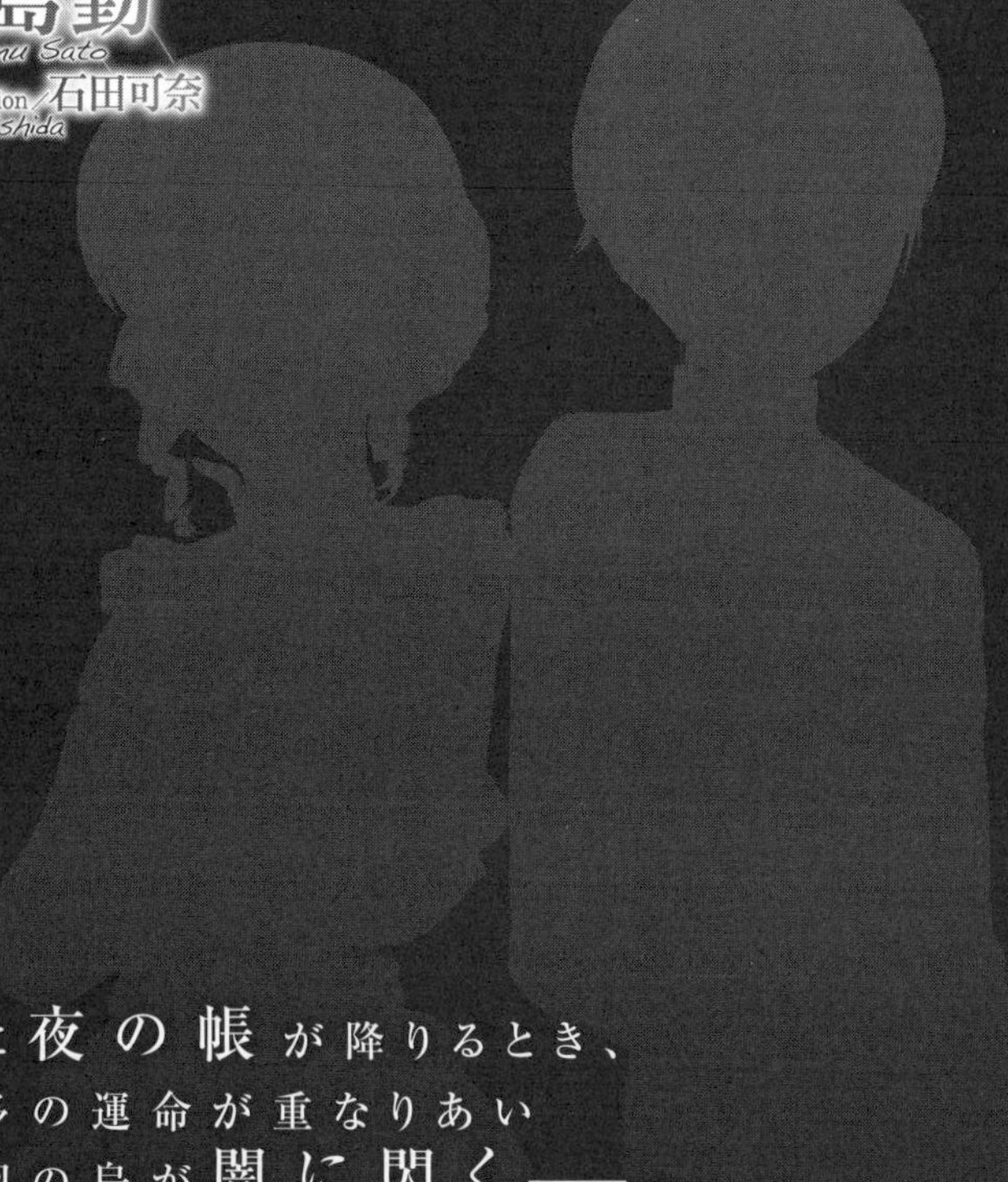

街に**夜の帳**が降りるとき、
数多の運命が重なりあい
二羽の鳥が**闇に閃く**──。

Character
キャラクター紹介

黒羽文弥《くろば・ふみや》

亜夜子の双子の弟。
一見中性的な
女性にしか見えない美少年。
コードネームは『ヤミ』。

黒羽亜夜子《くろば・あやこ》

文弥の双子の姉。
大人っぽさとあざとさを併せ持つ、
小悪魔的な美少女。
コードネームは『ヨル』。

司波達也《しば・たつや》

数々の戦略級魔法師を倒し、
その実力を示した『最強の魔法師』。
深雪の婚約者。

司波深雪《しば・みゆき》

四葉家の次期当主。達也の婚約者。
冷却魔法を得意とする。

アンジェリーナ・クドウ・シールズ

元USNA軍スターズ総隊長
アンジー・シリウス。
日本に帰化し、
深雪の護衛として、
達也、深雪とともに生活している。

榛有希《はしばみ・ゆき》

暗殺業を生業とする少女。
文弥に負かされ、直属の部下となる。
コードネームは『ナッツ』。

鰐塚単馬《わにつか・たんば》

有希と行動を共にするサポート役。
暗殺業では裏方に徹することが多い。
コードネームは『クロコ』。

桜崎奈穂《おうざき・なお》

もとは四葉家が有希に派遣した
暗殺者見習い。
今では立派な暗殺者兼、
有希のお世話役。
コードネームは『シェル』。

若宮刃鉄《わかみや・はがね》

調整体『鉄』シリーズの第一世代。
術式解体を得意とする。
コードネームは『リッパー』。

空澤兆佐《からさわ・ときすけ》

警察省広域捜査チーム所属の
巡査部長。
高校生時に亜夜子の任務に
協力した過去がある。

Glossary
用語解説

亜貿社
超能力者・忍者で構成される暗殺組織。犯罪結社ではあるが、
『法で裁けない悪人を裁く』という理念を掲げている。社長は両角来馬。

超能力者(サイキック)
身体強化などの異能を持つ者の総称。
元々は魔法が確認された当初その力は超能力と呼ばれていた。
2094年現在では多くの超能力者は魔法師となっている。

魔法科高校
国立魔法大学付属高校の通称。全国に九校設置されている。
この内、第一から第三までが一学年定員二百名で
一科・二科制度を採っている。

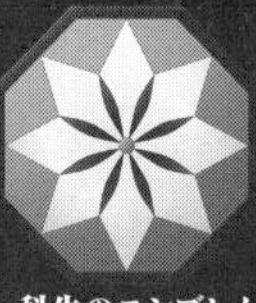
一科生のエンブレム

ブルーム、ウィード
第一高校における一科生、二科生の格差を表す隠語。
一科生の制服の左胸には八枚花弁のエンブレムが
刺繍されているが、二科生の制服にはこれが無い。

CAD〔シー・エー・ディー〕
魔法発動を簡略化させるデバイス。
内部には魔法のプログラムが記録されている。
特化型、汎用型などタイプ・形状は様々。

司波達也のCAD

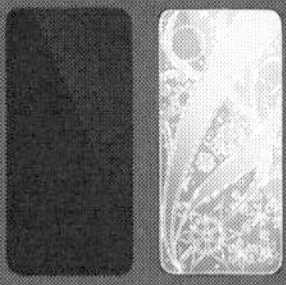
司波深雪のCAD

フォア・リーブス・テクノロジー〔FLT〕
国内CADメーカーの一つ。
元々完成品よりも魔法工学部品で有名だったが、
シルバー・モデルの開発により
一躍CADメーカーとしての知名度が増した。

トーラス・シルバー
僅か一年の間に特化型CADのソフトウェアを
十年は進歩させたと称えられる天才技術者。

エイドス〔個別情報体〕
元々はギリシア哲学用語。現代魔法学において
エイドスとは、事象に付随する情報体のことで、「世界」にその「事象」が存在することの記録で、
「事象」が「世界」に記す足跡とも言える。現代魔法学における「魔法」の定義は、
エイドスを改変することによって、その本体である「事象」を改変する技術とされている。

イデア〔情報体次元〕
元々はギリシア哲学用語。現代魔法学においてイデアとは、
エイドスが記録されるプラットフォームのこと。魔法の一次的形態は、
このイデアというプラットフォームに魔法式を出力して、
そこに記録されているエイドスを書き換える技術である。

起動式
魔法の設計図であり、魔法を構築するためのプログラム。
CADには起動式のデータが圧縮保存されており、
魔法師から流し込まれたサイオン波を展開したデータに従って信号化し、魔法師に返す。

サイオン（想子）

心霊現象の次元に属する非物質粒子で、認識や思考結果を記録する情報素子のこと。
現代魔法の理論的基盤であるエイドス、現代魔法の根幹を支える技術である
起動式や魔法式はサイオンで構築された情報体である。

プシオン（霊子）

心霊現象の次元に属する非物質粒子で、その存在は確認されているがその正体、
その機能については未だ解明されていない。
一般的な魔法師は、活性化したプシオンを「感じる」ことができるにとどまる。

魔法師

『魔法技能師』の略語。魔法技能師とは、
実用レベルで魔法を行使するスキルを持つ者の総称。

魔法式

事象に付随する情報を一時的に改変する為の情報体。
魔法師が保有するサイオンで構築されている。

魔法演算領域

魔法式を構築する精神領域。魔法という才能の、いわば本体。
魔法師の無意識領域に存在し、魔法師は通常、魔法演算領域を意識して使うことは出来ても、
そこで行われている処理のプロセスを意識することは出来ない。
魔法演算領域は、魔法師自身にとってもブラックボックスと言える。

魔法式の出力プロセス

❶起動式をＣＡＤから受信する。
　これを「起動式の読込」という。
❷起動式に変数を追加して魔法演算領域に送る。
❸起動式と変数から魔法式を構築する。
❹構築した魔法式を、無意識領域の最上層にして
　意識領域の最下層たる「ルート」に転送、
　意識と無意識の狭間に存在する「ゲート」から、
　イデアへ出力する。
❺イデアに出力された魔法式は、指定された座標の
　エイドスに干渉しこれを書き換える。
単一系統・単一工程の魔法で、
この五段階のプロセスを半秒以内で完了させることが、
「実用レベル」の魔法師としての目安になる。

魔法の評価基準（魔法力）

サイオン情報体を構築する速さが魔法の処理能力であり、
構築できる情報体の規模が魔法のキャパシティであり、
魔法式がエイドスを書き換える強さが干渉力、
この三つを総合して魔法力と呼ばれる。

基本コード仮説

「加速」「加重」「移動」「振動」「収束」「発散」「吸収」「放出」の四系統八種にそれぞれ対応した
プラスとマイナス、合計十六種類の基本となる魔法式が存在していて、
この十六種類を組み合わせることで全ての系統魔法を構築することができるという理論。

系統魔法

四系統八種に属する魔法のこと。

系統外魔法

物質的な現象ではなく精神的な現象を操作する魔法の総称。

心霊存在を使役する神霊魔法・精霊魔法から読心、幽体分離、意識操作まで多種にわたる。

十師族

日本で最強の魔法師集団。一条(いちじょう)、一之倉(いちのくら)、一色(いっしき)、
二木(ふたつぎ)、二階堂(にかいどう)、二瓶(にへい)、三矢(みつや)、三日月(みかづき)、
四葉(よつば)、五輪(いつわ)、五頭(ごとう)、五味(いつみ)、
六塚(むつづか)、六角(ろっかく)、六郷(ろくごう)、六本木(ろっぽんぎ)、
七草(さえぐさ)、七宝(しっぽう)、七夕(たなばた)、七瀬(ななせ)、
八代(やつしろ)、八朔(はっさく)、八幡(はちまん)、九島(くどう)、九鬼(くき)、九頭見(くずみ)、
十文字(じゅうもんじ)、十山(とおやま)の二十八の家系から
四年に一度の「十師族選定会議」で選ばれた十の家系が『十師族』を名乗る。

数字付き

十師族の苗字に一から十までの数字が入っているように、
百家の中でも本流とされている家系の苗字には“『千』代田”、“『五十』里”、“『千』葉”家の様に、
十一以上の数字が入っている。
数値の大小が力の強弱を表すものではないが、苗字に数字が入っているかどうかは、
血筋が大きく物を言う、魔法師の力量を推測する一つの目安となる。

数字落ち

エクストラ・ナンバーズ、略して「エクストラ」とも呼ばれる、「数字」を剥奪された魔法師の一族。

かつて、魔法師が兵器であり実験体サンプルであった頃、

「成功例」としてナンバーを与えられた魔法師が、

「成功例」に相応しい成果を上げられなかった為に捺された烙印。

The International Situation

2099年現在の世界情勢

世界の寒冷化を直接の契機とする第三次世界大戦、二〇年世界群発戦争により世界の地図は大きく塗り替えられた。現在の状況は以下のとおり。

USAはカナダ及びメキシコからパナマまでの諸国を併合してきたアメリカ大陸合衆国（USNA）を形成。

ロシアはウクライナ、ベラルーシを再吸収して新ソビエト連邦（新ソ連）を形成。

中国はビルマ北部、ベトナム北部、ラオス北部、朝鮮半島を征服して大亜細亜連合（大亜連合）を形成。

インドとイランは中央アジア諸国（トルクメニスタン、ウズベキスタン、タジキスタン、アフガニスタン）及び南アジア諸国（パキスタン、ネパール、ブータン、バングラデシュ、スリランカ）を呑み込んでインド・ペルシア連邦を形成。

他のアジア・アラブ諸国は地域ごとに軍事同盟を締結し新ソ連、大亜連合、インド・ペルシアの三大国に対抗。

オーストラリアは事実上の鎖国を選択。

EUは統合に失敗し、ドイツとフランスを境に東西分裂。東西EUも統合国家の形成に至らず、結合は戦前よりむしろ弱体化している。

アフリカは諸国の半分が国家ごと消滅し、生き残った国家も辛うじて都市周辺の支配権を維持している状態となっている。

南アメリカはブラジルを除き地方政府レベルの小国分立状態に陥っている。

【プロローグ】

二〇九八年も残すところ二ヶ月足らず。受験生にとってはラストスパートの時期だ。合格間違い無しのお墨付きをもらっている生徒も、それで気を抜いたりはしない。高みの見物が許されるのは、推薦で入学が決まっている者たちだけだ。

黒羽《くろば》亜夜子《あやこ》・文弥《ふみや》の姉弟も、未《いま》だ見物の高台に登れない受験生だった。しかし魔法大学への推薦入学枠は各魔法科高校ごとに十人。三年生の生徒数が百人を切っている第四高校ならば、上位一割に入れば推薦が取れて受験戦争からは不戦勝で勝ち抜けができるはずだ。この二人が推薦をもらえなかったというのは、不思議を通り越して不審にも思われる。

これには第四高校の他校とは異なる事情があった。伝統と言っても良いかもしれない。第四高校は設立当初から魔法工学に力を入れてきた。実技面も戦闘向きの魔法より、技術的な意義の高い複雑で工程の多い魔法を重視している。推薦者の選定においてもこの傾向が当てはまる。

他校との最大の違いは記述テストの成績の比重が高いという点だ。他の魔法科高校は実技の評価割合が露骨に高い。例えば一高は魔法科と二〇九六年度に新設された魔工科に分かれているが、生徒の八割超が所属している魔法科の場合、定期試験の点数配分は記述テストが五科目で合計五百点、実技テストが四科目で千二百点。実技の配点は記述の倍以上だ。

しかし「魔法は理論」「魔法は学問」というスローガンを掲げている四高の場合、記述と実技の配点はフィフティ・フィフティ。推薦者の選定においてはむしろ記述テストの結果が重視される。

亜夜子《あやこ》と文弥《ふみや》が推薦を取れなかったのは、このような事情によるものだった。もっとも推薦がもらえなかったからといって、二人は全く焦《あせ》っていない。二人とも最初から推薦希望を出していなかったし、実技重視の魔法大学入学試験には楽勝で合格する自信があるからだ。

だから二人がこのところピリピリしているのは、受験が原因ではなかった。

亜夜子《あやこ》と文弥《ふみや》は現在二人暮らし。豊橋《とよはし》市の実家を離れて、四高がある浜松《はままつ》市にアパートを借りている。二人は今、協力して夕食の準備を終わらせたところだった。

「——姉さん、聞いた？」

テーブルに着いた文弥《ふみや》は、食事を始めてすぐのタイミングで同じテーブルを囲む亜夜子《あやこ》にそう問い掛けた。

「ロシア人のマフィアのこと？」

マフィアという言葉は本来イタリアのシチリア島を起源とする犯罪組織のことだが「チャイニーズマフィア」「ロシアンマフィア」など、今では組織犯罪集団の一般名詞のように使われている。

「連中、また密入国したって」

亜夜子《あやこ》の反問に、文弥《ふみや》は頷《うなず》く代わりにそう答えた。

「ええ、涼《すず》に聞いたわ。文弥《ふみや》は誰から聞いたの？」

「僕は黒川《くろかわ》に聞いた」

黒川《くろかわ》というのは文弥《ふみや》の側近の黒川白羽《くろかわしらは》。元々は文弥《ふみや》のガーディアン候補だった手練《てだ》れの「忍術使い」だ。嘘《うそ》か真《まこと》か、甲賀《こうか》二十一家・黒川家《くろかわけ》の末裔《まつえい》を名乗っている。

この「忍術使い」の名称は特徴的な身体技能と諜報《ちょうほう》技術を持つ「忍者」の中で、古式魔法「忍術」の遣い手に与えられる名称。つまり「忍術使い」は古式魔法師だ。

一方、亜夜子《あやこ》の発言に登場した『涼《すず》』は、彼女の側近を務める女性の名だ。フルネームは伴《とも》野涼《のすず》。彼女も黒川《くろかわ》同様「忍術使い」。そして涼《すず》の場合は甲賀《こうか》二十一家・伴家《ばんけ》の傍流を名乗っている。黒川《くろかわ》が三十過ぎの男性であるのに対して、涼《すず》は二十代前半の若い女性だった。

「マフィアの相手は私たちの仕事じゃないけれど……一体何をするつもりなのかしら」

亜夜子《あやこ》が独り言のように呟《つぶや》き、それを聞いた文弥《ふみや》が口惜《くや》しげに顔を顰《しか》める。

ロシアから職業犯罪者が密入国——正確には偽装入国したのは、文弥《ふみや》たちが知るだけで九回目だ。実際にはもっと多いだろう。亜夜子《あやこ》が口にしたように、マフィアの監視は黒羽家《くろばけ》のミッションではない。九回というのは敵対的な魔法師の流入を洗い出す過程で、偶々《たまたま》発見した回数でしかない。

ただ余りに頻繁で人数も無視できない規模になっているので、手が空いている人員を使って目的を調査させていた。しかしまだ成果は上がっていない。調べ始めてから一ヶ月未満だが、黒羽家《くろばけ》の感覚で言えば何週間も経《た》っているのに、敵の狙いが摑《つか》めていないのだ。文弥《ふみや》が苛立《いらだ》つのも無理のないことだった。双子の弟ほどではないが、亜夜子《あやこ》も現状には不満を覚えている。

「今のところ、広域暴力団の下部組織乗っ取りを進めているみたいだけど……それが最終目的とは思えない」

「そうね。でも私たちの印象だけで、これ以上人員を張り付けておくことはできないわよ」

苛立《いらだ》ちを隠せない声で言う文弥《ふみや》に、亜夜子《あやこ》はため息交じりの口調で応える。黒羽家《くろばけ》は新発田《しばた》家《け》と並び四葉《よつば》一族の中で多くの配下を抱える分家だが、それでも人繰りに余裕があるわけではない。

黒羽家《くろばけ》の、四葉《よつば》一族の要求水準を満たせる人材はそもそも希少なのだ。良く言えば少数精鋭だが、裏を返せば育成が追い付いていない。人員の割り当てに優先順位を付けなければならないのは四葉《よつば》一族も世間の事業体と同様だ。

「残念だけど、この件は当面、当局にお任せするしかないわ」

言い聞かせるように――文弥《ふみや》に対してだけでなく自分にも――言う亜夜子《あやこ》に、文弥《ふみや》は「当てになるの？」という目を向ける。

それでも文弥《ふみや》は、亜夜子《あやこ》の判断に異議を唱えなかった。

◆◆◆　◆◆◆　◆◆◆　◆◆◆

西暦二〇九七年八月四日、世界に衝撃が走った。

その日、一人の魔法師が世界を震撼《しんかん》させたのだ。

その魔法師は個人で大国の軍事力に対抗しうる実力を実際に示して見せた後、衛星インターネット回線を使って全世界にメッセージを送った。

『——ここに宣言する。私は魔法師とも、そうでない者とも平和的な共存を望んでいる。だが自衛の為《ため》に武力行使が必要な時は、決して躊躇《ためら》わない』

世界には、その言葉を荒唐無稽と笑い飛ばした者もいた。だが事実を知っている者は彼が実際に一人で国家と戦い、勝利できることを知っていた。

あらゆる国で情報操作が行われた。専制国家では徹底した隠蔽、民主国家では戦果の矮小《わいしょう》化《か》。敵を取るに足らない存在と印象づけることで、「彼」の力も大した脅威ではないと思わせようとした。

しかし。

情報を操作したその当人たちは。情報操作に関わった者とそれを命じた上層部は。財力や暴力によって国家の上層部に食い込んだ陰の権力者たちは。

恐怖から逃れることが、できなかった。

ただ一人の魔法師に、国家を動かしている者たちが恐怖する空前絶後の事件。

この事件は「彼」の名前から『シバ・ショック』と呼ばれることもあった。

◇ ◇ ◇

かつてヨーロッパは貧しかった。古代の文明を失い、社会は停滞していた。アジアの方が余程豊かで、文明も進み、軍事力も上回っていた。だがある時代を境にして、その力関係は急速に逆転していった。

ヨーロッパの諸国は取り憑《つ》かれたように世界侵略――彼らの理屈では世界進出、あるいは教化――に乗り出した。アメリカ大陸へ、アフリカ大陸へ、そしてアジアへ。利に聡《さと》い商人はこの大事業に資金を投下するだけでなく、時に人員や傭兵《ようへい》も投入した。

彼らは決して矢面に立つことなく、国家の陰に隠れた。

侵略の熱が冷めた頃――あるいは侵略する土地が枯渇《こかつ》した頃――には、彼らは国家の陰に隠れるだけでなく、社会の陰に隠れた。

彼らは世界各地に浸透して得た利権を守る為《ため》、社会の裏側で協力組織を構築した。

彼らは自分たちの組織を、単に『組合』――『ギルド』と呼んだ。

西暦二〇九七年八月後半のある日、ギルドは緊急で最高幹部会議を開いた。

集まった最高幹部たちは強大な権勢を誇る「陰の支配者」には相応《ふさわ》しくもなく、動揺し、狼《ろう》狽《ばい》し、虚勢を張って隠そうとしていたが明らかに、怯《おび》えていた。

議題となるのは突如出現した巨大なポリティカルパワー。世界の権力構造を単独でひっくり返しかねないジョーカー。社会に寄生することでしか力を得られない彼らとは全く異質な、本物の「力」。

三十年前は四葉《よつば》一族が世界を震撼《しんかん》させた。わずか数十人で一国を――それも小国ではなく、東亜大陸の南半分を支配していた国を崩壊へ導いた彼らは「触れてはならない者たち《アンタッチャブル》」と恐れられた。

だが逆に言えば、彼らは触れさえしなければ害は無く、表舞台にも出てこないと考えられてきた。だが「彼」は、「表」に出てきた。

自分たちにその気はなくても、一体何時《いつ》、何が「彼」の逆鱗《げきりん》に触れるか分からない。

結論は最初から決まっていた。

「彼」は排除しなければならない。

軍事力――「表」の暴力で排除できないのであれば「裏」の暴力で抹殺しなければならない。

幸いギルドは「裏」の方が本領だ。

幹部会はギルドの持つ「裏」の暴力を動かすことに決めた。

その力を以《もっ》て「彼」、司波達也《しばたつや》を排除＝暗殺すると決定した。

この決定により実際に動員されることになったのは、ギルドの主要な実行部隊の一つ『マフィア・ブラトヴァ』だった。この組織はシシリアンマフィアとロシアンマフィアを母体とする連合体だ。その配下には「ヤクザ」も含まれていた。「ヤクザ」は「黒社会」、つまりチャイニーズマフィアに対抗する為《ため》、ギルドの援助を受《う》け容《い》れたのだ。

大亜連合を退けたことにより、チャイニーズマフィアの勢力は衰えた。『無頭竜《ノー・ヘッド・ドラゴン》』を始めとして日本から撤退する組織も続出した。ヤクザと手を結び、一部を支配しているマフィア・ブラトヴァがミッションを遂行するには都合の良《い》い状況になっていた。

ただ、相手が相手だ。ギルドは、マフィア・ブラトヴァは準備に一年半を掛けた。手駒となるヤクザを密《ひそ》かに、積極的に増やしていった。

かくして二〇九九年、マフィア・ブラトヴァによる司波達也《しばたつや》暗殺作戦《ミッション》が開始されることとなった。

◇　◇　◇

二〇九九年三月上旬。黒羽家《くろばけ》の姉弟は自宅のＩＴ（Information Terminal：情報端末）で魔法大学合格を確認して、仲良く笑みを浮かべた。

魔法大学の入学試験は東京を含めた全国九ヶ所で行われる。首都圏在住の受験生とその他の受験生の間で有利不利が生じないようにする為《ため》だ。試験は予備試験、学科試験、実技試験の三日。国立魔法大学付属高校の生徒で魔法大学受験資格を与えられている受験生は予備試験を免除される。

また試験は、魔法実技を審査する関係で国防軍の施設を借りて行われる。大学の試験といえど、受験生が魔法を合法的に行使できる適当な民間施設がないからだ。これには反魔法主義マスコミも代替案を提示できず、文句を付けられずにいる。

まあ、これは余談だ。

二人にとって魔法大学合格は、予定ではなく既定だった。大学入学後の生活基盤も既に整え終えている。今日すぐにでも上京して暮らし始められる状態だ。亜夜子《あやこ》も文弥《ふみや》も、地元への愛着がゼロではないが、新生活を待ち望んでいた。

そう。大学合格それ自体ではなく、入学後の新生活への期待が二人の笑顔の理由だった。

若者が持つありがちな、大都会への憧れではない。

東京には「彼」がいる。

二人の望みは「彼」の力になること。

「彼」の力は強大だ。おそらく正面から戦って「彼」に勝てる者は、現在の世界には存在しないだろう。だからこそ側面から、背面から、裏から「彼」を排除しようとする者が大勢いるに違いない。

「裏」は二人の――黒羽家《くろばけ》の得意分野だ。きっとこれから、「彼」の役に立てる局面が出てくるはずだ。

ただその為《ため》には、なるべく「彼」の近くにいる方が良《い》い。どんなに情報技術が発展しても、側《そば》にいなければ分からないことがある。

これからはもっと「彼」の役に立てる。

その予感で、二人の口元は綻《ほころ》んでいるのだった。

【1】 闇夜《ヤミヨル》の上京

午後八時過ぎ。調布《ちょうふ》にある四葉《よつば》家《け》東京本部ビルの屋上ヘリポートに小型の電動ＶＴＯＬが着陸した。そのＶＴＯＬの床は、通常の小型機よりずっと低い。ヘリポートの床からの高さは、ピックアップトラックとほぼ同じだ。乗降にタラップは必要としない。

司波《しば》達也《たつや》は自分でＶＴＯＬのドアを開けてヘリポートに降り立った。すぐ側《そば》ではパイロットを務めた執事の花菱《はなびし》兵庫《ひょうご》が機内から荷物を下ろしていた。

達也《たつや》はふと、一ブロック離れて建つ中層ビルに目を向けた。六階建てのマンション。このビルは十階建てだから、見下ろす視線になる。

今日は二〇九九年三月十四日。日中、全国に九校ある国立魔法大学付属高校、通称『魔法科高校』で卒業式が行われた。達也《たつや》の再従兄弟《はとこ》である黒羽《くろば》姉弟も今日四高を卒業した。そしてあの二人は明日から、達也《たつや》が見ているマンションに住む予定になっている。

達也《たつや》が中層マンションを見ていたのは、ほんの短い時間だった。彼はすぐに兵庫《ひょうご》を引き連れてビルの中へ向かった。

深雪《みゆき》およびリーナと夕食を摂《と》った後、達也《たつや》はビル内にある彼の研究室に向かった。

地下三階でエレベーターを降りる。

そのまま研究室に向かうのではなく、彼はエレベーターホールで足を止めた。そこに達也《たつや》の個人的な部下が片膝を突いて彼を待っていたからだ。

男の名は藤林大門《ふじばやしひろと》。古式魔法の名門・藤林家《ふじばやしけ》の前当主の異母弟。

三年前、当時の藤林家《ふじばやしけ》当主・長正《ながまさ》は甥《おい》である九島光宣《くどうみのる》の逃亡を助ける目的で達也《たつや》に騙《だま》し討ちを仕掛けた。藤林家《ふじばやしけ》として、この裏切りのけじめを付ける為《ため》に選ばれたのが大門《ひろと》だ。彼は達也《たつや》に――四葉家《よつばけ》に、ではなく――臣従を誓った。以来、彼は達也《たつや》の私的な部下として働いている。

「何か」

「御身を狙う者がおりましたので始末致しました」

「ああ、それか」

今年に入ってから達也《たつや》の周りには度々、彼を害そうとする者が出没していた。去年の夏から達也《たつや》には様々な素性の監視の目が付《つ》き纏《まと》っていたが、今年に入ってから単に監視するだけでなく暗殺目当ての者が追加されていた。

「お気付きでしたか」

「朝、出掛ける時に見た。言うまでもないが、当局の連中に気付かれていないだろうな？」

達也《たつや》は大門《ひろと》の問い掛けに頷《うなず》いた後、暗殺者を始末したことを自分を監視する当局の人間に覚《さと》られなかったかどうか訊《たず》ねた。

「抜かりはございません」

大門《ひろと》の淡々とした答えに、達也《たつや》は再び頷《うなず》いた。

達也《たつや》の問い掛けは形式的なもので、最初から当局に尻尾を摑《つか》まれるような失態を大門《ひろと》が演じたとは考えていない。彼が達也《たつや》の配下になってから約一年間、その技量は藤林《ふじばやし》の名に恥じないものと分かっていた。

「身元は？」

達也《たつや》が暗殺者の素性を問う。

「広域暴力団の末端組織の構成員です。ただそれにしては不自然に高い技量の持ち主でした。背景をお調べしましょうか？」

「いや、それには及ばない。こちらが然《しか》るべく対処すれば、その内、向こうも諦めるだろう」

達也《たつや》の言う「然《しか》るべき対処」とはつまり、付《つ》き纏《まと》うだけならともかくそういう素振りを見せれば殺すということだ。

「今の対応を続けるということでございますね」

「それで頼む。万に一つも深雪に危害が及ぶことがあってはならない」

「かしこまりました」

片膝を突いた体勢のまま恭《うやうや》しく頭を下げた大門《ひろと》をその場に残して、達也《たつや》は彼の個人研究室へ向かう歩みを再開した。

◇　◇　◇

翌日の夕方。文弥《ふみや》と亜夜子《あやこ》はこれからしばらく暮らすことになる、調布《ちょうふ》のマンションに到着した。四葉家《よつばけ》東京本部ビルの隣のブロックに建つ中層マンションだ。実はこのマンションも、幾つかのファミリー企業やダミー会社のクッションを入れて、丸ごと四葉家《よつばけ》が所有している。

いや、四葉《よつば》分家・黒羽家《くろばけ》の物になっている、と表現する方が適切かもしれない。

このマンションは六階建てのビルだが、六階に住居は無い。各部屋のドアの内側は放送局か通信社かという様相の、情報機器でびっしりと占められた空間になっている。

住宅の外見を装《よそお》ったその「部屋」も、元々は一フロアに八戸の３ＬＤＫが横一列という造りだったのだが、今は各戸を仕切る壁が大きく切り取られて中でつながっていた。床はＯＡフロアになっており、一般的なオフィスと同じ土足仕様だ。

建設当初はこの最上階も居住用に造られていたから、一応の生活インフラは揃《そろ》っている。寝泊まりは可能だろう。しかしトイレはともかく、浴室は二戸分しか残されていない。他は防水性を必要とする別の用途に転用されている。

キッチンは四戸分残されているが、まともに調理ができるのは一つだけで、残りはキッチンと言うより「給湯室」だ。まだ「お茶出し」が普通の習慣だった時代に、中規模以上の企業のオフィスに付属していた、キッチンとしては申し訳程度の物だった。

　また東の角部屋には五階との通路が設けられている。そして五階の角部屋が文弥《ふみや》と亜夜子《あやこ》の住居だ。魔法大学に在学中は、二人に六階の「支部」の管理権限が与えられていた。

　亜夜子《あやこ》も文弥《ふみや》も小さなバッグだけを手にして上京している。小型のスーツケースすら持ってきていない。生活に必要な物だけでなく必要性の低い私物までも、既に黒羽《くろば》家《け》の使用人によって運び込まれていた。当然掃除も完璧、冷蔵庫の中身も今すぐ生活が始められるように補充されている至れり尽くせりぶりだ。客観的に見てこの二人は良《い》いところの御令嬢、御令息だった。

「姉さん。達也《たつや》さんたちの所に挨拶《あいさつ》に行こう」

　自分の部屋に手荷物を置いた文弥《ふみや》が亜夜子《あやこ》の部屋の前で呼び掛けた。現在時刻は午後五時を少し過ぎたところ。挨拶《あいさつ》に訪問しても、遅すぎる時間帯ではない。

　部屋の中から「ちょっと待って」という声がしたかと思ったら、ほとんど同時にドアが開いた。文弥《ふみや》は外開きの扉を危ういところで躱《かわ》した。

「汗を流させて欲しいのだけど」

　そう言いながら部屋を出てきた亜夜子《あやこ》は、ジャケットとスカートを脱いだシャツ一枚の姿。

「なんて格好をしてるの……」

　文弥《ふみや》は呆《あき》れ声を漏らした。余り恥ずかしがっている様子は無い。

「下着は着けているわよ」

「それは、スリップが見えているから分かるよ」

亜夜子《あやこ》が着ているシャツの裾からは、シャツとは別にレースの裾がのぞいている。

なお文弥《ふみや》の視線は亜夜子《あやこ》の顔に向いていた。彼女が部屋から出てきた一瞬で服装をチェックしていたのだろう。

「スリップじゃないわ。長めのキャミよ」

キャミソールには下着《インナー》もアウターもある。亜夜子《あやこ》は「見えているのは下着じゃないキャミソール」と言いたいのだろう。

しかし文弥《ふみや》は一言、「嘘吐《うそつ》き」とバッサリ切り捨てた。

普通の十八歳男子なら「下着じゃない」と言われて「嘘《うそ》だ」と言い切るのは難しかったはずだ。しかし文弥《ふみや》は仕事で頻繁に変装する関係で、メンズだけでなくレディースの衣服にも詳しい。

亜夜子《あやこ》もそれを知っているから「下着じゃない」と強弁せずに、含み笑いだけを返して浴室へ姿を消した。

バスローブ一枚で亜夜子《あやこ》が浴室を出ると、リビングでは文弥《ふみや》が受話器《ハンドセット》で電話をしていた。亜《あ》夜子《やこ》が何時《いつ》出てきても良いように、音声通話を選んだのだろう。

「……いえ、疲れてなどいません。……ありがとうございます。では七時にお邪魔させていただきます。……失礼致します」

締めの言葉を口にして、文弥《ふみや》は受話器《ハンドセット》を充電器の上に置いた。

「達也《たつや》さん？」

「そうだよ」

「お約束は七時？」

少しだけ聞こえた文弥《ふみや》の発言から、亜夜子《あやこ》は電話の内容を推測した。

文弥《ふみや》が「そうだよ」と言いながら立ち上がる。

「ディナーかしら？」

「昨日から用意してくれていたそうだから、断れなかったよ」

「……余り時間が無いわね。和食？　フレンチ？」

ディナーの招待を受けるとなれば、それに合わせた装《よそお》いをしなければならない。亜夜子《あやこ》の問い掛けは、その為《ため》のものだ。本当はそんなに堅苦しく考える必要の無い相手なのだが、亜夜子《あやこ》は達也《たつや》にも深雪《みゆき》にもだらしない姿を見せたくなかった。

「カジュアルなコースだって」

「それが一番困るのよね……」

文弥《ふみや》の答えを聞いて亜夜子《あやこ》が顔を顰《しか》める。一口に「カジュアル」と言ってもピンからキリまである。気合いを入れてカクテルドレスで出掛けたら周りが普段着で浮いてしまうこともあれば、その反対もあり得た。

亜夜子《あやこ》は悩んだ末、「浮いても良い」方針で臨むことにした。

文弥《ふみや》は嫌々ながら、それに付き合った。


文弥《ふみや》はスーツを着用しネクタイを締めて、亜夜子《あやこ》はカクテルドレスに身を包んで、四葉家《よつばけ》東京本部ビル三階のレストランを訪れた。

ウエイターに案内されて会食のテーブルへ。そこで待つ達也《たつや》と深雪《みゆき》を見て文弥《ふみや》は「しまった」と動揺を過《よぎ》らせ、亜夜子《あやこ》は笑顔を微《かす》かに強張《こわば》らせた。

立ち上がって二人を迎えた達也《たつや》と深雪《みゆき》の格好は、普段着の域を出ない物だった。

ただ幸い、文弥《ふみや》たちはそれほど気まずい思いをせずに済んだ。

達也《たつや》も深雪《みゆき》も普段着ではあるが、それほどラフな格好でもない。達也《たつや》はノーネクタイながら暗い色合いのテーラードジャケットを着ていたし、深雪《みゆき》はドレスでこそないがオーソドックスで上品なワンピース姿だ。

見方によっては、相手がフォーマルでもカジュアルでも雰囲気を合わせやすい服装。達也《たつや》たちの側でも、文弥《ふみや》と亜夜子《あやこ》がどういう格好でやって来るのか迷ったのかもしれない。

「二人とも、卒業おめでとう」

まず達也《たつや》が、文弥《ふみや》たちの卒業を祝う。

「それから少し気が早いけど、魔法大学入学おめでとう」

達也《たつや》に続いて深雪《みゆき》が、魔法大学入学に対する祝辞を贈った。

入学式はまだ二週間以上先なので、深雪《みゆき》本人が言うように少し気が早い。だが文弥《ふみや》も亜夜子《あやこ》も野暮な指摘はせず、声を揃《そろ》えて「ありがとうございます」と返した。

「二人とも、遠慮無く掛けてくれ」

達也《たつや》がそう言って、自分の椅子を引く。

間髪を容《い》れずウエイターが深雪《みゆき》と亜夜子《あやこ》の椅子を同時に引いた。文弥《ふみや》は深雪《みゆき》が腰を下ろすのを待って、ウエイターを目で制し自分で引いた椅子に座った。

「文弥《ふみや》君、亜夜子《あやこ》さん、これからはご近所ね。二人に限って困ることは余り無いと思うけど、何でも気軽に相談してちょうだい」

「ありがとうございます、深雪《みゆき》さん。お言葉に甘えて、頼りにさせていただきます」

麗《うるわ》しく微笑《ほほえ》み掛ける深雪《みゆき》に、亜夜子《あやこ》も負けじと艶《あで》やかな笑みを返した。

そんな二人を、達也《たつや》は余裕の笑みと共に見ている。

「ところで達也《たつや》さん。裏社会の人間に付《つ》き纏《まと》われているとうかがいましたが」

姉が見せた対抗意識に達也《たつや》のような余裕を持てなかった文弥《ふみや》が、唐突に話題を変えた。

「興味があるなら話しても良いが、食事が終わってからにしよう」

「……はい。すみません」

先走りを自覚して、文弥《ふみや》は恥ずかしそうに謝罪した。

「――狙いは俺の暗殺だろう」

デザートが終わりコーヒーと紅茶の時間になって、達也《たつや》は年初から煩わされている小悪党の跳梁《ちょうりょう》について話し始めた。

「暗殺⁉」

達也《たつや》は何でもないように語っている。実害は無いという自信の表れだろう。

深雪《みゆき》にも動揺が見られないのは、既に教えられていたことだからだ。

しかし達也《たつや》の周りを怪しげな連中が暗躍していることは知っていても、その破落戸《ごろつき》の目的が達也《たつや》を暗殺することだと今日初めて聞かされた黒羽《くろば》姉弟は驚きを隠せなかった。

「許せませんわね……」

「……その身の程を知らぬ輩《やから》の素性は判明しているのですか？」

同時に、憤《いきどお》りを隠そうともしなかった。

「昨日うろついていたのは、広域暴力団の末端組織の構成員だった。ただし背後にいるのは表向きの親組織ではないようだ」

「……僕たちに調べさせてください」

ごく短い間《ま》を置いてこう申し出た文弥《ふみや》は、目がすっかり据わっていた。

「別に構わないが……俺の私的な部下で対応できる相手だ。素性を突き止める必要は無いぞ」

「達也《たつや》さんの私的な部下と仰《おっしゃ》いますと、藤林家《ふじばやしけ》の方ですね？」

「そうだ」

達也《たつや》は藤林大門《ふじばやしひろと》を自分の部下として迎え入れるに当たって、一応真夜《まや》の許可を取っている。それと知らず四葉家《よつばけ》配下の工作員と衝突しないように、本家・分家には大門《ひろと》が達也《たつや》の配下に収まった事実をその時に通知した。だから亜夜子《あやこ》が大門《ひろと》のことを知っていても、達也《たつや》にとっては意外ではなかった。

「それに、俺には当局の監視が付いている。その中には公安の人間もいる。管轄が違うとはいえ彼らも警察官だ。目に余るようならそれなりに対応するだろう。逆に警察が手を出さないような相手なら、そいつらに口実を与える結果になりかねない」

達也《たつや》が「警察が手を出せない」ではなく「出さない」と言ったのは、言い間違いではない。警察と犯罪組織の癒着などあってはならないことだが、達也《たつや》のようにある意味で権力者にとって目障《めざわ》りな人間は、それを警戒しないわけにいかないのだった。

「特殊な背後関係が疑われるなら、尚更《なおさら》放置してはおけません。不利益につながるような不用意な真似《まね》はしませんから、せめて背景だけでも調べさせてもらえませんか」

ただ文弥《ふみや》と亜夜子《あやこ》が官憲に尻尾を摑《つか》まれるような下手を打つとは達也《たつや》も考えていない。

「そこまで言うなら調べてみてくれ」

達也《たつや》は文弥《ふみや》の気が済むようにさせることにした。

◇　◇　◇

転居したばかりの自宅に戻った文弥《ふみや》は、彼の側近の黒川白羽《くろかわしらは》を呼び出した。

「若、急な御用ですか」

黒川《くろかわ》は文弥《ふみや》が家の仕事を手伝い始めた中学生時代に教育係兼護衛として付けられていた部下だ。普段は黒服組の一員として活動しているが、文弥《ふみや》が単独で任務を任せられた際には今でも彼の右腕として付き従っている。

黒羽《くろば》家《け》でも指折りの実力者で、現在の黒羽《くろば》家《け》当主である文弥《ふみや》たちの父親の信頼も厚い。もしも文弥《ふみや》が四葉《よつば》家《け》の次期当主に指名されていたなら黒川《くろかわ》は文弥《ふみや》のガーディアンに選ばれていただろう。黒川《くろかわ》は文弥《ふみや》にとってそういう部下だった。

「達也《たつや》さんの暗殺を企《たくら》む身の程知らずがいる。知っているか？」

「知っています。実動部隊は円川《まるかわ》会。全国的広域暴力団の曾孫組織ですね」

「曾孫組織？　三次……いや、四次団体ということか？」

「その方が分《わ》かり易《やす》かったですか？」

「そんな末端組織が何故《なぜ》達也《たつや》さんを……？　いや、待て。円川《まるかわ》会？」

文弥《ふみや》が視線を虚空《こくう》に彷徨《さまよ》わせて記憶を探る。

「それって年末に報告を受けた、ロシアンマフィアに乗っ取られた暴力団の名称じゃないか？」

「ご記憶でしたか」

座っていた椅子から身を乗り出した文弥《ふみや》に、黒川《くろかわ》は涼《すず》しい顔でとぼけた言葉を返した。

「……僕を試したのか？」

「まさか。滅相もない」

「………」

黒川《くろかわ》は文弥《ふみや》の視線から目を逸《そ》らさない。

根負けしたのは文弥《ふみや》の方だった。

「……ロシアンマフィアが達也《たつや》さんの命を狙ったのか？」

「それは調べてみなければ分かりません」

「ではすぐに調べてくれ」

「承知いたしました」

文弥《ふみや》の命を受けて、黒川《くろかわ》はお茶も飲まずに部屋を出て行った。

「お父様に相談しなくて良いの？」

二人きりになって亜夜子《あやこ》が文弥《ふみや》に訊《たず》ねる。彼女は弟が黒川《くろかわ》と話している時には、横で黙って聞いていた。

「訊《き》かなくても答えは分かっているから必要無いよ」

「そうかもね」

二人の父親は未《いま》だに、心の底では達也《たつや》のことを嫌っている。相談しても反対されるだけだろう。その点で文弥《ふみや》と亜夜子《あやこ》の意見は一致していた。

「でもお父様の許可をいただかないと人手が足りないわよ」

「東京の人員だけで十分だ」

しかし実行面においては、二人の意見は食い違っていた。

「それでは余計な時間が掛かってしまうわ」

「……別に急ぎの仕事じゃないから。ヤクザ如《ごと》きでは達也《たつや》さんに掠《かす》り傷一つ付けられないし」

亜夜子《あやこ》の指摘に対して、反論になっていない反論を返す文弥《ふみや》。

今頃反抗期かしらね？　と亜夜子《あやこ》は思った。

文弥《ふみや》は父親の貢《みつぐ》が達也《たつや》に向ける理不尽な敵意を不愉快に思っている。その所為《せい》で達也《たつや》が絡《から》むと、貢《みつぐ》に対して頑《かたく》なになる傾向があるようだ。亜夜子《あやこ》は以前からそう感じていた。

「お父様には私の方から話しておくわ。それなら良《い》いでしょう？」

亜夜子《あやこ》の提案に、文弥《ふみや》は同意しなかった。

拒否も、しなかった。

◇◇◇

魔法大学も三月は長期休暇だ。普段と違って大学が休みになる時期は、深雪《みゆき》が達也《たつや》の仕事に付いて行くことも不可能ではない。しかし深雪《みゆき》が巳焼島《みやきしま》やＦＬＴに同行することは、ほとんど無かった。

自分が一緒に行っても達也《たつや》の役に立てない。それよりは達也《たつや》の為《ため》に自宅を快適に整えることを優先するべきだというのが深雪《みゆき》の考えだ。

兄妹《きょうだい》から恋人の段階を飛び越えて婚約者になったことに当初は戸惑っていた深雪《みゆき》だが、ようやく心が現実に追い付いたのか。一時《ひととき》も離れていたくないという強迫観念じみた想《おも》いから解放され、達也《たつや》の帰りを待つ余裕ができた。――深雪《みゆき》は既にフィアンセと言うよりも、新妻の心境に至っているのかもしれない。

そんなわけで黒羽《くろば》姉弟の為《ため》の簡単な歓迎会を行った翌日も達也《たつや》は恒星炉プラントの仕事で巳《み》焼島《やきしま》に行ったが、深雪《みゆき》は東京に残っていた。

その深雪《みゆき》から、亜夜子《あやこ》の許《もと》に電話があった。午前十時のことだ。

電話を終えた亜夜子《あやこ》は、困惑気味の顔を文弥《ふみや》に向けた。

「文弥《ふみや》」

「何？」

二人は朝から部屋の整理をしていた。事前に掃除はされていたし生活に必要な物はきちんと収納されていたが、使い勝手には好みがある。住みやすいように日用品や家電の再配置を行っていたところだった。

「誰からの電話だったの？」

その手を止めて文弥《ふみや》が問い返す。彼は姉の態度に戸惑っていた。

亜夜子《あやこ》が困惑を露《あら》わにするなど滅多に無いことだ。だからといって今の彼女からは、緊張感が伝わってこない。非常事態が発生したというわけでもなさそうだった。

「深雪《みゆき》さんからなんだけど……」

「深雪《みゆき》さんから？」

文弥《ふみや》の声が真剣味を増した。

深雪《みゆき》は本家の次期当主。緊急でなくても重要な用件なのかもしれない、と思ったのだ。

――しかし、文弥《ふみや》の予想は外れた。

「一緒にお出掛けしないかって」

「はっ？　お出掛けって、何をしに？」

「ショッピングじゃないかしら」

意外すぎて思考がフリーズしてしまった文弥《ふみや》は、次の言葉をひねり出せるようになるまでに十秒以上を要した。

「……良《い》いんじゃない。行っておいでよ。片付けは進めておくからさ」

意外感に囚《とら》われている間は突拍子もないとしか感じられなかったが、冷静に考えてみるとそんなに変な誘いでもなかった。深雪《みゆき》も亜夜子《あやこ》もまだ二十歳前の若い女性なのだ。一緒にショッピングに出掛けようというのは、何もおかしくない。

「何を言ってるの。文弥《ふみや》も一緒よ」

「はっ？」

文弥《ふみや》の顔には「何を言っているんだ？」と書かれていた。

「はっ、じゃなくて。文弥《ふみや》も一緒に行くのよ」

「何で⁉」

「何を慌てているのよ……」

文弥《ふみや》の剣幕に、亜夜子《あやこ》は面食らって目を丸くする。

「逆に、何で一緒じゃないと思ったの？」

「僕は男だよ！」

叫ぶ文弥《ふみや》。

「知ってるけど」

小首を傾《かし》げる亜夜子《あやこ》。

「女性二人の買い物に男一人でついて行けるわけないだろ！」

「二人じゃないわよ。リーナも一緒なんですって」

一昨年の夏。リーナが亡命した際、彼女を達也《たつや》の許《もと》に案内したのは亜夜子《あやこ》だ。それ以降も交流は続いており、気安く「アヤコ」「リーナ」と呼び合う程度には親しくなっていた。

「女性三人に男一人じゃ余計辛《つら》いよ！　……って、リーナと？」

一方、文弥《ふみや》とリーナは友人同士ではない。だがリーナが達也《たつや》の代わりに深雪《みゆき》の護衛役を務めている関係で交流がある。彼が「シールズさん」でも「リーナさん」でもなく「リーナ」と呼んでいるのは、本人から強く望まれたからだ。ちなみにリーナの方は、文弥《ふみや》に断りもなく「フミヤ」と呼び捨てにしている。

「昨日の晩は彼女、『身内の歓迎会だから』って遠慮したみたいでね」

「何か……らしくないね」

「これから会う機会も増えるから、リーナとも交流を深めて欲しいというのが深雪《みゆき》さんのお考えみたい」

「それは、僕と、ってこと？」

「そうなんじゃない？　私とリーナがお友達なのは、深雪《みゆき》さんもご存じのはずだから」

「確かに……必要かも、しれない」

何処《どこ》となく苦渋が滲《にじ》む口調で、文弥《ふみや》は姉から聞かされた深雪《みゆき》の言い分を認めた。文弥《ふみや》も亜夜《あや》子《こ》も魔法大学に通っている間は、学業だけでなく家の仕事も首都圏中心の活動になるだろう。リーナと仕事で一緒になる機会も増えるに違いない。

既に親しくなっている亜夜子《あやこ》は急に連携を取らなければならない状況になっても、スムーズな意思疎通が多分可能だ。しかし文弥《ふみや》は、今のままでは、そうはいかない。

「……分かった、付き合うよ。出掛けるのは何時から？」

「十一時に本部ビルの一階ロビーで待ち合わせ。都心の方に出掛ける予定だから、文弥《ふみや》もちゃんとお洒落《しゃれ》してね」

「男の僕にお洒落《しゃれ》を期待しないでよ……」

文弥《ふみや》はぼやきながら頷《うなず》いた。

◇　◇　◇

「アヤコ、フミヤ。久し振りっ！」

待ち合わせのロビーに着いた文弥《ふみや》たちを、リーナの笑顔が出迎えた。

今日の彼女は明るい色のパンツスーツで活動的、かつ都会的なイメージだ。

全くの偶然だが、文弥《ふみや》のジャケット姿とリーナのスーツ姿は色違いのお揃いかと勘違いするほど印象が似ていた。

二人は背格好も似通っている。文弥《ふみや》の身長は百六十五センチ、リーナは百六十三センチ。

リーナは全体的に引き締まった体形で服装によっては華奢《きゃしゃ》にすら見えるが、軍で鍛えられただけあって筋肉はしっかり付いている。

一方の文弥《ふみや》は十八歳になってもまだ美少女の変装が似合う、男性にしては細身で小柄な体形だ。かなり鍛えているのだが、体質的なものか筋骨隆々にはなれない。見た目よりも力があると言うより、筋力どおりの見た目にならないと言うべきか。

このように外見が似通っているせいで、良く似た印象の服装が「ペアルック」ではなく「お揃《そろ》い」に見えているというわけだった。

都心の雑踏の中でも彼女たち四人は注目を集めていた。特に男性から熱い視線を浴びている。文弥《ふみや》にとっては大層不本意だが、彼もその対象に入っていた。

「フミヤはきっと、大学で目立つでしょうね」

「僕より姉さんの方が人目を惹《ひ》くと思うけど」

素っ気ない文弥《ふみや》の反応に、リーナは意味ありげな笑みを浮かべた。

「確かにアヤコは美人だけど、魔法大学の学生は美女に免疫があるのよ。ミユキやワタシを毎日見ているのだし」

リーナは恥ずかしげ皆無で自分を美女の代表格に数えている。

文弥《ふみや》はそれを図々《ずうずう》しいとは感じなかった。深雪《みゆき》はもちろんのこと、リーナもまた絶世の美女であるのは客観的な事実だからだ。

客観的というなら姉の亜夜子《あやこ》も間違いなく、文句なく美女。だが深雪《みゆき》とリーナを上回るインパクトを有しているかと問われたならば、首を縦には振れない。

ここまでは文弥《ふみや》にも、異議は無かった。

「でもフミヤのような美少年はいなかったから」

しかしこの暴言は見過ごせなかった。

「美少年はないだろう。もう大学生なんだから」

だが文弥《ふみや》の反論は、リーナには通じなかった。

「大学生だから珍しいのよ」

彼女は「美少年」という文弥《ふみや》に対する評価を、改める気は無いようだ。

「リーナ、そんなことを言うものではないわ。文弥《ふみや》君、嫌がっているじゃない」

深雪《みゆき》がリーナをたしなめる。

だが文弥《ふみや》的には、深雪《みゆき》の善意の方が心に刺さった。

「深雪《みゆき》さん、入学式にはどのような服装で参加されましたの？」

亜夜子《あやこ》が唐突に話題を変えたのは、文弥《ふみや》が本気で嫌がっていることを察したからだろう。

「ワンピースにジャケットよ。スーツと迷ったんだけど、スーツのスカートは丈が短い物が多いから」

深雪《みゆき》が話題転換の意図に気付いた様子は無かったが、質問には素直に答えた。もしかしたら「先輩としてのアドバイスを」という使命感を刺激されたのかもしれない。

「確かに若者向けのスーツは、膝丈や膝上丈のスカートが多い印象ですね」

亜夜子《あやこ》が実感のこもった相槌《あいづち》を打つ。彼女も私服は――仕事で使う変装用の衣装以外は、丈の短いスカートをあまり好まない。

「じゃあ、そういうセレモニー用の服を見に行かない？」

リーナが会話の流れに乗って提案する。

今日の外出には、予《あらかじ》め決まっていた目的は特に無い。リーナの思い付きに、反対意見は出なかった。

予約していたレストランでランチを済ませた後、四人はデパートに向かった。外出当初は若者向けのファッションビルを見て回るつもりだったが、入学式用の服の参考にするということでややお高めのテナントをのぞいてみることにしたのだ。

しばらく、文弥《ふみや》にとっては退屈で居心地の悪い時間が続いた。ただ彼にとって幸いなことに、他の客から訝《いぶか》しげな目を向けられることは無かった。

幸いではあったが同時に不本意でもあった、かもしれない。他人の目から見ても、レディーススーツやドレッシーなワンピースを「ああでもない、こうでもない」と見て回るグループに違和感なく溶け込んでいたのだから。

深雪《みゆき》、リーナ、亜夜子《あやこ》という三人の美女が文弥《ふみや》の前で身体《からだ》に服をあてがい、試着して見せる。カジュアルなテナントなら実際に着替えるのではなくバーチャルミラーで服を着た姿を合成するのが主流だが、このフロアのブティックは試着用の実物を用意している。バーチャルでは分からない着心地を選べるというのが、各店舗の謳《うた》い文句《もんく》だった。

見ているだけで良《い》いなら若い男にとって間違いなく天国。だが毎回感想を求められる文弥《ふみや》にとっては拷問だ。

達也《たつや》ならば深雪《みゆき》に呆《あき》れられてもリーナに罵られても亜夜子《あやこ》に軽蔑されても平然と笑っていられるだろう。だが文弥《ふみや》はそこまで開き直れない。だから彼は毎回最適な答えを求めて、知恵を振り絞った。

彼の努力は美女の機嫌を損ねないという形で報われていた。三人は上機嫌で五つ目のテナントを離れた。

次に彼女たちが向かったのはエスカレーターだ。ある程度満足してくれたのだろう、と文弥《ふみや》は思った。婦人服売り場はこのフロアだけではないが、下の階はもう少し対象年齢が上で、上の階はカジュアルなファッションを扱っていると案内されている。

もう結構な時間をこのデパートで費やしている。そろそろ帰るか、それでなくとも別のビルに場所を移すのではないかと文弥《ふみや》は考えた。

しかし彼の予想に反して、彼女たちが向かったのは上の階だった。

「今度はタウンウェアか」と文弥《ふみや》は気合いを入れ直す。フォーマルファッションは褒めるポイントがある程度パターン化されているので、そこまでコメントに悩まない。しかしカジュアルファッションは種類自体が多いので、的外れなことを言わないよう更なる注意が必要だ。

だが生憎《あいにく》――あるいは幸い、彼の気合いは空回りした。姉たちはレディースカジュアルのフロアを素通りして、さらに上の階へ向かった。

このデパートの最上階にはラウンジがある。ティーブレイクに向かっているのだろうか。

そう考えた文弥《ふみや》は気を緩めた。しかしそれは、少なからず早計だった。

リーナに代わって先頭に立った亜夜子《あやこ》がエスカレーターを降りたのは、メンズファッションのフロアだった。

「……姉さん。ここ、メンズだよ？」

間違いじゃないか、間違いであって欲しいという願望を込めて文弥《ふみや》は訊《たず》ねる。

「そうよ？　貴男《あなた》の服を見るんだから当然じゃない」

だが亜夜子《あやこ》の答えは、非情なものだった。

「それともレディースの方が良かった？」

その上で面白そうに訊《たず》ねられては、「……いや、ここで良《い》いよ」と答える以外の選択肢は、文弥《ふみや》には無かった。

「うーん……。ウエストをかなり詰めないといけないわね」

「もう一サイズ下でも良《い》いんじゃない？」

「でも胸回りは案外ボリュームがあるから」

「肩幅はそんなに無いのにね」

文弥《ふみや》の携帯端末から転送させた彼の体格データとカタログデータを見比べながら、亜夜子《あやこ》たちは忌憚《きたん》の無い意見を交わしている。

耳に飛び込んでくる彼女たちの言葉は、目に見えない矢にグサグサと刺される錯覚を文弥《ふみや》に与えていた。

身長が低いことだけではない。腰回りが細いのも肩幅が狭いのも、文弥《ふみや》にとっては悩みの種なのだ。姉たちには悪意が無く、ただ正直な感想を述べているだけだと分かるから余計に心が痛かった。

彼も本当は期待していたのだ。

もっと背は伸びると。

自分は成長が遅いだけで、大学生になる頃にはもっと男らしくなっていると。

文弥《ふみや》にしてみれば根拠の無い期待ではなかった。彼の身近にいる同性は体格に恵まれた者が多い。例えば父親の貢《みつぐ》は身長百七十七センチ。特別に背が高いというわけではないが、平均は上回っている。

再従兄弟《はとこ》の達也《たつや》は百八十二センチ。遠縁ではあるが同じ四葉《よつば》分家の次期当主である新発田勝成《しばたかつしげ》に至っては百八十八センチの長身だ。自分だって、と文弥《ふみや》が期待しても無理はないだろう。

ところが十八歳になる前に、彼の身長の伸びは百六十五センチで完全に止まってしまった。文弥《ふみや》はこの事実を一年掛けて受《う》け容《い》れた。

自分は達也のように男らしくはなれない。自分にそう言い聞かせるのは文弥《ふみや》にとってかなり辛《つら》いことだった。それでも何とか自分の中で折り合いを付けたのだが、その客観的な事実を突き付けられると今でも心の傷痕が痛むのだ。

「……文弥《ふみや》。これを当ててみて」

亜夜子《あやこ》に呼ばれて、文弥《ふみや》は心の中の顰《しか》め面《つら》を面倒臭そうな表情で隠した。

当ててみて、と亜夜子《あやこ》は言ったが、彼女が持っているのは服ではなく電子カタログだ。そして彼女が手招きしているのは、壁にはめ込まれた姿見の横。

文弥《ふみや》は何の疑問も持たず、その鏡の前に立った。文弥《ふみや》が背筋を伸ばして正面を向いた直後、鏡の中に白のメスジャケットを着た文弥《ふみや》の姿が映し出された。試着する服のデータと鏡の前に立った人物のリアルタイム合成映像を表示するバーチャルミラーだ。

鏡の中の文弥《ふみや》を見て、深雪《みゆき》が「あら」と声を上げた。

「深雪《みゆき》さん、ご記憶ですか？」

「ええ……。もう七年前になるのかしら」

「そうですね。あの時は黒っぽい色でしたけど」

「あら、ネイビーではなかった？」

「ええと、そうでしたね」

深雪《みゆき》と亜夜子《あやこ》が話しているのは沖縄に大亜連合が攻め入った沖縄事変の直前に、黒羽家《くろばけ》の別荘で催されたパーティーのことだ。そのパーティーで文弥《ふみや》はネイビーのメスジャケットに黒のカマーバンドを着けていた。

「でも今は、この色の方が似合っていますね」

鏡の中の文弥《ふみや》は、白のメスジャケットを着てアスコットタイを締めている。

「私もそう思うわ」

深雪《みゆき》も亜夜子《あやこ》と同じ考えだ。

「試しにネイビーブルーやネイビーグレーも見てみたいわ」

そこへリーナがリクエストを出した。

文弥《ふみや》は何も言わない。実際に着替えるならともかく、バーチャルミラーに別のデータを読み込むだけで彼に手間は無い。好きにさせておこう、というスタンスだ。

亜夜子《あやこ》が電子カタログの画面上で指を滑らせた。カタログのタブレットがバーチャルミラーのコントローラーになっているのだ。鏡の中で文弥《ふみや》のジャケットがたちどころに色を変えた。

「ウーン……」

それを見てリーナが唸《うな》る。深雪《みゆき》も微妙な表情をしている。

「暗い色だと、余計『美少年』に見える……」

リーナは大真面目な顔で呟《つぶや》いた。

「勘弁してくれ……」と文弥《ふみや》は思ったが、彼女が軽口ではなく本気でそう思っているのが分かるので文句は言えなかった。口に出してしまうと本格的に落ち込みそうな気がした。

「何でだろう？　後退色の所為《せい》で実際より小柄に見えてるから？」

リーナの独白めいたセリフに、「それはあるかも」と亜夜子《あやこ》が相槌《あいづち》を打った。深雪《みゆき》は何も言わなかったが、彼女にも異論は無さそうだ。

その後、バーチャルとリアルの試着を繰り返した末に、文弥《ふみや》は明るいベージュのスーツを深《み》雪《ゆき》とリーナの二人からプレゼントされた。

試着の最後の方では、文弥《ふみや》の表情がある種の悟りを開いたようなものになっていた。

デパートを出た後もウインドウショッピングは続いた。何度も着せ替え人形扱いに耐えなければならなかった文弥《ふみや》だが、これだけは幸いなことに荷物持ちは強要されていない。

家路についた時には、空が暗くなり始めていた。とはいえここはメガロポリス東京。時刻はまだ夕方の範囲内でもあるし、非力な女性でも不安を感じる時間帯ではない。ましてや強力な自衛手段を持つ深雪《みゆき》たちが帰宅を焦《あせ》らなければならない理由は、普通なら無かった。

ところが駅に向かう動力歩道（所謂《いわゆる》「動く歩道」）の上で、文弥《ふみや》が急に鋭い空気を纏《まと》った。

「文弥《ふみや》？」

それは深雪《みゆき》やリーナは気付かない程のわずかなものだったが、亜夜子《あやこ》を刺激するには十分な変化だった。

「付けられている」

抑えた声で文弥《ふみや》が警戒を促す。

「――あれね」

亜夜子《あやこ》は「自分も確認した」という意味で短く囁《ささや》きを返した。

「何かあったの？」

二人が見せた緊張感に、リーナが反応した。

「良からぬ目を向けている連中がいるわ」

「深雪《みゆき》さん、尾行されています」

亜夜子《あやこ》がリーナの質問に答え、文弥《ふみや》が深雪《みゆき》に注意喚起する。

「尾行？　もしかして最近、達也《たつや》様に付《つ》き纏《まと》っている不届きな人たちかしら？」

深雪《みゆき》は落ち着いた態度を崩さず、静かに問い返した。

「その可能性は低くないと思います」

口に出して答えた文弥《ふみや》の推測は控えめなものだったが、心の中ではほとんど確信していた。

「捕らえますか？」

彼が深雪《みゆき》にこう訊《たず》ねたのは、達也《たつや》を付け狙う敵の正体を見極める手掛かりを摑《つか》めるのではという思惑もあってのことだった。

「必要無いわ」

だからこの答えを聞いて、文弥《ふみや》は落胆を覚えた。

「そんなにがっかりしなくても良いのよ」

文弥《ふみや》は少し不謹慎な――深雪《みゆき》に迫る脅威を利用しようとしたという意味で――心の裡《うち》を隠していたつもりだったが、深雪《みゆき》には読まれていたようだ。

「捕まえた人たちは文弥《ふみや》君に預けるから」

しかし、続く深雪《みゆき》の言葉に彼はハッとした顔で尾行していた者たちの気配へ意識を向けた。肉眼では捉えられなかったが、賊が次々と拘束されていくのが気配で分かる。文弥《ふみや》はこの時初めて、深雪《みゆき》に陰から護衛が付いていたと気付いた。

「……本家の護衛ですか？」

「花菱《はなびし》さんの部下の方々よ。私は必要無いと言っているのだけど、聞き入れてくれなくて」

深雪《みゆき》が微《かす》かに「やれやれ」と首を振るような仕草を見せた。

彼女が言う「花菱《はなびし》さん」は達也《たつや》の個人執事の座に納まっている花菱兵庫《はなびしひょうご》のことではなく、その父親で本家の執事を務める花菱但馬《はなびしたじま》のことだ。但馬《たじま》は四葉家《よつばけ》序列第二位の執事であり、四《よつ》葉家《ばけ》が傘下《さんか》に組み入れた、四葉《よつば》の血族以外からなる実戦部隊を統括している。

深雪《みゆき》は四葉家《よつばけ》次期当主。幾らリーナという護衛役が付いているとはいえ、但馬《たじま》の役目上、深《み》雪《ゆき》の身辺を警護する人員を出さないという選択肢は存在しなかった。特に、今日のように達也《たつや》が別行動をしている場合には。

「花菱《はなびし》さんの方から派遣されている人たちは、調査は専門ではないから。詳しい事情は文弥《ふみや》君の方で調べてくれない？」

深雪《みゆき》が口にしなかった言葉が、文弥《ふみや》にはハッキリと聞こえた。

――達也《たつや》様を付け狙う輩《やから》を放ってなどおけない。

それは文弥《ふみや》自身の決意でもあった。

「喜んで」

その言葉どおり、文弥《ふみや》の表情は晴れ晴れとしていた。

晴れやかな笑みの中で、彼の目は獰猛《どうもう》な猟犬の光を帯びていた。

【2】ハンティング指令

榛有希《はしばみゆき》、性別は女性。年齢はもうすぐ二十二歳。

そして職業は、プロの殺し屋だ。キャリアは今年で八年になる。

フリーランスではなく亜貿社《あぼうしゃ》という組織に属している。もっとも彼女の本当のボスは亜貿社《あぼうしゃ》の社長ではない。亜貿社《あぼうしゃ》自体が黒羽家《くろばけ》の傘下《さんか》に入っているが、それとは別に有希《ゆき》と彼女のチームは文弥《ふみや》の直属の部下――あるいは「駒」――と位置付けられていた。

三月二十一日、土曜日。この日、三日前に大きな案件《ヤマ》を片付けたばかりの彼女は自宅のマンションでだらけていた。

自室のベッドで、うつらうつらと半覚醒状態の惰眠を貪《むさぼ》る有希《ゆき》。

その部屋の扉がノックも無しに開いた。

「有希《ゆき》さん、お電話ですよ」

上半身だけをのぞかせた同居人の桜崎奈穂《おうざきなお》が用件を告げる。

「電話ぁ？」

ベッドの上でうつ伏せになっていた有希《ゆき》は、起き上がらずに顔だけを横に向けて不機嫌丸出しで応えを返した。彼女は「居留守を使いたい」と全身で主張している。

「文弥《ふみや》さまからですよ。起きてください」

家事落伍者《らくご》の有希《ゆき》に代わって家内環境維持を一手に引き受けている奈穂《なお》が、ベッドサイドへ歩み寄って有希《ゆき》の身体《からだ》を揺する。

「文弥《ふみや》から？　後で電話すると言っとけ」

「そういうわけにはいきませんって！」

そう言いながら奈穂《なお》は、有希《ゆき》が着ている寝間着代わりのスウェットをグッと引っ張った。

「グェッ！　おいっ、絞まってる絞まってる！」

スウェットの襟で喉を圧迫された有希《ゆき》が渋々身体《からだ》を起こす。

ベッドの上に座る有希《ゆき》を、奈穂《なお》はエプロンの両腰に手を当てて睨《にら》み付《つ》けた。——タヌキ顔の優しい目付きの所為《せい》か、少しも怖くなかったが。

「早く電話に出てください。あたし、有希《ゆき》さんの代わりに叱られるなんて嫌ですからね」

「すっぴんでヴィジホンに出ろってのか？」

ノーメイクの顔で人前に出たくないという有希《ゆき》の言い分は、普通の女性ならば真っ当なものだろう。彼女のことを良く知らない相手になら通用したかもしれない。

だが有希《ゆき》が仕事以外でメイクすることはほとんど無いと知っている奈穂《なお》には通用しない。

「カメラをオフにすれば良いじゃないですか」

それにヴィジホンには音声《サウンドオンリー》のみのモードもある。有希《ゆき》の言い分は電話に出ない口実にならないものだった。

「有希《ゆき》さん、文弥《ふみや》さまがお待ちですよ。ほら、早く！」

奈穂《なお》に繰り返し急《せ》かされて、有希《ゆき》はようやくベッドを離れる。それでも、せめてもの抵抗のつもりなのか足取りはのろのろとしたものだった。


『ようやく来たね』

ディスプレイの中の文弥《ふみや》の表情は、怒りではなく呆《あき》れを映していた。

「女は支度に時間が掛かるんだよ」

文弥《ふみや》の嫌み（？）に対して、有希《ゆき》は定番の言い訳を返す。ただ、自分でも白々しいと思っている所為《せい》で説得力は皆無だった。

『そうみたいだね。寝癖が残っているよ』

「なっ⁉」

有希《ゆき》は慌てて自分の髪を撫《な》でた。カメラの前に出る前に髪だけはとかしてきたのだが、急いでいたので仕損じがあったのかと思ったのだ。――有希《ゆき》も一応、人前に出る時は身だしなみを、最低限は気にしている。

自分の髪を撫《な》で回《まわ》し、有希《ゆき》はわずかに訝《いぶか》しげな顔付きになった。

映像の文弥《ふみや》はその微妙な変化の前で、声に出さずに笑っていた。

「文弥《ふみや》、テメエ……」

文弥《ふみや》に騙《だま》され、いや、からかわれたと覚《さと》って、有希《ゆき》がヴィジホンの画面を睨《にら》み付《つ》ける。

『急いではくれたみたいだね。待たされたことは、これで相殺《そうさい》にしてあげるよ』

文弥《ふみや》は半笑いの口調でそう言うと、急に真顔になった。

有希《ゆき》も鋭い目付きはそのままに、口元を引き締める。

「仕事か？」

『仕事だ』

「でかい案件《ヤマ》か？」

『重要な案件《あんけん》だ』

有希《ゆき》の質問に文弥《ふみや》は端的な答えを返し、

『今晩八時、いつもの場所にチーム全員で来てくれ』

その上でこう付け加えた。

◇　◇　◇

東京副都心のやや外れにあるシティホテル『ホテル・ブラックスワン』。格付けとしては一流に届かず、然《さ》りとて二流のレッテルを貼るのは気が引けるという手頃な高級感があるホテルだ。なおベルギーやスペインの『ブラックスワンホテル』とは、特に関係は無い。

一般どころか諜報《ちょうほう》関係者にも知られていない事実だが、このホテルは四葉家《よつばけ》の実質的支配下にあり、黒羽家《くろばけ》の拠点の一つになっていた。黒羽家《くろばけ》はここに獲物を誘《おび》き寄《よ》せて情報を抜き取ったり、下請けとの打ち合わせに使ったりしている。

文弥《ふみや》が有希《ゆき》のチームに集まるよう命じたのもこのホテルだ。指定された時刻は午後八時。有希《ゆき》と奈穂《なお》はその十分前にホテルに着いた。日常生活はだらしない有希《ゆき》だが、仕事に遅れたことはない。彼女は自分の仕事の厳しさを己の経験から思い知っていた。

ホテルのロビーにはチームのメンバーである若宮《わかみや》が待っていた。

若宮刃鉄《わかみやはがね》、コードネーム『リッパー』。有希《ゆき》より三歳上の、中肉中背の男性である。一時期スキンヘッドにしていたが、目立ちすぎるという理由で今では髪をありふれたスポーツ刈りにしている。

また以前は如何《いか》にも「その筋の者」という雰囲気を漂わせていた鋭い容貌だったが、今の彼は、少なくとも他人から見た限り、僧侶のような落ち着いた佇《たたず》まいを身に付けていた。

有希《ゆき》が声を掛ける前に、若宮《わかみや》は有希《ゆき》と奈穂《なお》へ顔を向けた。

「よう、早いな」

歩み寄ってくる若宮《わかみや》に、有希《ゆき》が軽く手を上げて話し掛ける。

「クロコはまだか？」

若宮《わかみや》の返事を待たず、有希《ゆき》は足を止めた彼に問い掛けた。

若宮《わかみや》が答えた直後、ロビーに背が高めである以外は特徴らしい特徴が無い壮年の男性が入ってきた。

「まだだ。――いや」

「来たか」

その男を見て有希《ゆき》が呟《つぶや》く。彼こそが、たった今話題にしていた『クロコ』。有希《ゆき》の最も付き合いが長い相棒で、本名は鰐塚単馬《わにづかたんば》。コードネームの『クロコ』は鰐塚《わにづか》の鰐《わに》＝クロコダイルの略であると同時に裏方「黒子《くろこ》」の意味でもある。

なお奈穂《なお》のコードネームは『シェル』。これは彼女の得意魔法から付けたもので、「貝殻」や「外殻」ではなく「弾丸」を意味している。

そして有希《ゆき》のコードネームは『ナッツ』。有希《ゆき》の苗字《みょうじ》、榛《はしばみ》からセイヨウハシバミ＝ヘーゼルナッツの連想ゲーム的な命名であると同時に、「いかれている」という意味でもあった。

「すみません、待たせてしまいましたか？」

謝罪する鰐塚《わにづか》に若宮《わかみや》は「いや」と小さく首を振り、有希《ゆき》は「まだ時間前だ」と答えた。

「全員揃《そろ》ったことですし、参りましょうか」

そして有希《ゆき》の横に控えていた奈穂《なお》が、ニコニコ笑いながら他の三人を促した。

有希《ゆき》がこのホテルに呼び出されるのはこれが初めてではない。むしろ結構な頻度で呼び出されている。部屋も毎回同じ。三階の小会議室だ。

◇◇◇

四人がその会議室の前に着くと同時に、中からスーツ姿の若い女性が出てきた。有希《ゆき》たちはその女性のことを知らなかったが、向こうは有希《ゆき》たちのことを知っていた。

その証拠に彼女は誰かと問うこともなく、開けた扉を手で押さえて四人の先頭にいた有希《ゆき》に「中でお待ちください」と話し掛けた。やはり彼女は文弥《ふみや》の部下なのだろう。

会議室の中には三十歳前後と思われる、ホテルの制服を着た女性が一人。ホテルスタッフの格好をしているが、彼女も黒羽家《くろばけ》の手下に違いない。そうでなければ、今ここにいるはずがなかった。

スタッフの女性に勧められて有希《ゆき》は三人掛けソファの中央に腰を下ろした。続いてその両隣に若宮《わかみや》と鰐塚《わにづか》が腰を下ろす。奈穂《なお》は鰐塚《わにづか》の横に立ったままだ。これは毎回のことだった。

何時もの黒服たちの姿は見えなかった。だが何時《いつ》でも飛び込んでこられるよう、何処《どこ》かに隠れているに違いない。自分たちは一応文弥《ふみや》の身内だが、だからといって警戒を怠ることはあり得ない。黒羽家《くろばけ》はそんな甘い連中ではないと、有希《ゆき》は知っていた。

午後八時ちょうど。文弥《ふみや》が供を一人連れて会議室にやってきた。まるで扉の外でタイミングを計っていたかのように、予定ピッタリの時間だ。

供に連れている男性は有希《ゆき》たち四人にも馴染《なじ》みの人物だった。

中肉中背、二枚目なのに印象が薄く記憶に残らない容姿。こうして目の当《ま》たり《あ》にしていれば誰だか見分けられるが、別れた後に似顔絵を描けと言われると困惑してしまう。文弥《ふみや》の側近、黒川白羽《くろかわしらは》はそんな外見の持ち主だった。

文弥《ふみや》の姿を見て、若宮《わかみや》と鰐塚《わにづか》が立ち上がり挨拶《あいさつ》をする。奈穂《なお》は彼らに合わせてお辞儀をした。

だが有希《ゆき》は座ったままだ。これも、毎回のこと。

文弥《ふみや》はそれを咎《とが》めず、有希《ゆき》の向かい側に座り足を組んだ。その膝の上に緩く組み合わせた両手を置く。ドラマで「悪の貴公子」役が演じるようなポーズだが、文弥《ふみや》のそれは様《さま》になっていた。黒川《くろかわ》は腰を下ろさず文弥《ふみや》の斜め後ろに立った。

「揃《そろ》っているね。じゃあ早速」「ちょっと待った」

早速仕事の話を、と言い掛けた文弥《ふみや》を有希《ゆき》が遮った。

「お前……文弥《ふみや》だよな？」

「妙なことを言うんだね、有希《ゆき》。他の誰に見えると？」

「ヤミじゃねえよな……？」

有希《ゆき》が戸惑っている原因は、文弥《ふみや》の服装にあった。裾の長いルーズフィットのセーターにスキニーパンツ。着ている者が男であるという先入観が無ければ、チュニックニットかミニのニットワンピースにレギンスを組み合わせたようにも見える。

文弥《ふみや》は今、特にメイクをしていない。だがこのまま女子トイレに入っても、咎《とが》められることはないと思われた。

「変装はしていないよ。……ちょうど良《い》い機会だから君たちの意見も聞かせてもらおうかな」

「……何でしょうか」

鰐塚《わにづか》の声には警戒感が滲《にじ》んでいた。

若宮《わかみや》も訝《いぶか》しげな目を文弥《ふみや》に向けている。

「僕がメンズの、所謂《いわゆる》大学生ファッションを着ると悪目立ちするとある人から言われたんだ。どう思う?」

「…………」「…………」「…………」「…………」

「怒らないし、君たちの不利益になるような真似《まね》はしないから、正直に答えて欲しい」

そう言われても、気軽に答えられるような間柄ではない。

また、正直に答えられるような内容の質問でもなかった。

有希《ゆき》でさえも答えない、その沈黙を文弥《ふみや》は回答だと解釈した。多分それは、間違いではない。

「……そうか」

文弥《ふみや》の声には隠し切れない落胆がこもっていた。

それを放っておけないと感じたのだろう。

「悪目立ちというのは良く分かりませんが、目立つのは確かだと思います」

若宮《わかみや》が真面目な口調で文弥《ふみや》に告げた。

「し、失礼ですが、文弥《ふみや》さまのお顔立ちは綺麗《きれい》すぎると思うんです！」

焦《あせ》った口調で奈穂《なお》がフォローしようとした相手は、文弥《ふみや》なのか、若宮《わかみや》なのか。

「そうかな？　深雪《みゆき》さんやリーナに比べれば大したことないと思うけど」

首を傾《かし》げる文弥《ふみや》。だが容姿の比較対象として深雪《みゆき》とリーナを持ち出すのは、どう考えても適当ではない。

「そのお二人は別格ですよ……」

奈穂《なお》のツッコミは、本気の呆《あき》れ声だ。

「……それもそうか」

ツッコミを入れられた文弥《ふみや》も、納得するしかないという表情だった。

「でも、……いや」

「？」「？」

文弥《ふみや》の不自然なセリフの中断に、奈穂《なお》だけでなく有希《ゆき》も頭上に疑問符を浮かべる。

文弥《ふみや》が新たな比較対象として例に挙げようとしたのは九島光宣《くどうみのる》だった。しかしそれは、言葉にならない。光宣《みのる》に自分が劣っていると口にするのは、たとえ顔の美醜のことであっても文弥《ふみや》には抵抗があったのだ。

「……普段からそういう格好の方が、素顔を隠しやすいんじゃないか？」

有希《ゆき》のセリフは明らかにフォローの為《ため》のものだったが、彼女的には、いい加減なものではなかった。

「少なくとも男物のスーツを着て化粧をしているより、ジェンダーレスファッションでメイクをしている方が自然だぜ」

文弥《ふみや》が目を見開いて有希《ゆき》の顔をまじまじと見詰めた。

「な、何だよ」

居心地悪そうに身動《みじろ》ぎする有希《ゆき》。

「ああ、いや……」

文弥《ふみや》は一つ瞬《まばた》きをして有希《ゆき》から視線を外した。わずかに下を向き組んだ足の上に置かれた自分の両手に目を向ける。

「なる程ね……そういう考え方もあるのか」

それは文弥《ふみや》にとって新しい視点だったのか、彼はしばしの間、考え込んだ。

「……すまない。無駄話で余計な時間を取らせたね」

改めて有希《ゆき》たちへ目を向けた文弥《ふみや》は、完全に意識を切り替え黒羽《くろば》家《け》次期当主の顔をしていた。

「今回の仕事は暗殺と言うよりハンティングだ」

「ハンティングと仰《おっしゃ》いますと、ターゲットの捜索が含まれるということですか？」

文弥《ふみや》のセリフに鰐塚《わにづか》が質問を返す。

「ターゲットの発見が第一段階になるのは、そのとおり。だけど鰐塚《わにづか》が考えていることとは、おそらく違う」

「隠れている的《まと》を捜し出して仕留めるのではないと？」

「隠れてはいるだろうね。ただし、特定の標的を捜すのではなく、条件に当てはまる相手を排除して欲しい」

「不特定多数相手の殺しか？」

ここで有希《ゆき》が口を挿《はさ》んだ。

「多数と言うほど多くはないと思う」

「その条件とやらを言えよ」

有希《ゆき》の急《せ》き立《た》てるような質問に、文弥《ふみや》は薄らと笑った。

次の瞬間、有希《ゆき》の背筋に悪寒《おかん》が走った。ただしそれは文弥《ふみや》の笑みが酷薄なものだったからではなく、その笑みが嫌な予感をもたらしたからだった。

「達也《たつや》さんを狙う連中を仕留めて欲しい」

「……あの人を狙う？　そんなバカな連中がまだいたのか？」

有希《ゆき》は自分の予感が間違っていなかったと確信した。有希《ゆき》は同様の依頼——司波《しば》達也《たつや》暗殺を目論《もくろ》む者たちを逆に暗殺するという仕事を、過去に何件か請け負っている。

それらの依頼は、どれもこれも一筋縄では行かないものだった。純粋に相手が手強《てごわ》かった案件もあれば、有希《ゆき》が相手の罠《わな》にはまってしまった案件、暗殺自体は簡単だったが酷《ひど》く後味の悪い結末を迎えた案件もあった。

何より質《たち》が悪いのは、司《し》波《ば》達也《たつや》の暗殺阻止というこの仕事が本質的に無意味だという点だ。「あの人」の暗殺など、成功するはずがない。有希《ゆき》自身、かつて一度「あの人」の暗殺に挑んだことがある。そして、惨《みじ》めに失敗した。

――あれは、殺し屋の手に負える代物ではない。

――あれは、人の手が届くものではない。

――あれは、正真正銘の化け物だ。

それが、有希《ゆき》の実感だった。

最近は「あの人」絡みの仕事が来なくなって有希《ゆき》は正直ホッとしていたのだが、残念ながらまだ縁は切れていなかった。

「今のところ実動部隊は広域暴力団の末端組織だ」

「どうせ背後に大物が控えているんだろ」

有希《ゆき》の口調は早くも投《な》げ遣《や》りだ。彼女は「今回も大変な仕事になる」と、既に達観していた。

「大物かどうかは人によって意見が分かれると思う」

「勿体振《もったいぶ》るなよ」

有希《ゆき》が軽い苛立《いらだ》ちを見せる。

「現在判明しているのはロシア系マフィアとイタリア系マフィア。両者が手を組んでいるかどうかはまだ調査中だ」

文弥《ふみや》は「勿体振《もったいぶ》っている呼ばわりは心外だ」という表情ですぐに答えを返した。

「そういう言い方をするってことは、手を組んでる可能性が高いんだろ」

決めつける有希《ゆき》。

彼女がそのセリフを完全に言い終える前に、鰐塚《わにづか》が「マフィア・ブラトヴァ？」と呟《つぶや》いた。

「クロコ、何か言ったか？」

「鰐塚《わにづか》。マフィア……何だって？」

前者が有希《ゆき》。後者が文弥《ふみや》。

鰐塚《わにづか》は一瞬、二人に何を訊《き》かれているのか分からないような表情を見せる。

だが彼はすぐに、自分が独《ひと》り言《ご》ちていたことに気付いた。

「……マフィア・ブラトヴァ、私たち情報屋の間で囁《ささや》かれている噂《うわさ》の一つです」

「マフィア・ブ、ブラ、ブラトヴァ？　何だそりゃ？」

「ブラトヴァ」が口に馴染《なじ》まなかったのか、有希《ゆき》は噛《か》みながら問いを重ねた。

「ロシアンマフィアとシシリアンマフィアが上の方でつながっているという噂《うわさ》があるんですよ。

そのシンジケートの名がマフィア・ブラトヴァです。正式な名称なのか通り名のようなものなのかは分かりませんが」

「マフィアってのは血縁とか地縁とかを重視するんだろ？　ロシアとイタリアが手を組むなんてあり得るのか？」

有希《ゆき》が納得できないという顔で反論する。

「情報屋の間でも、その点が疑問視されていました。ですが今のあの人を暗殺しようなんて大それたことを実行しようとしているんです。それくらいのバックがいなければ、そちらの方が不思議ですよ」

「……まあ、それはそうかもしれないが」

達也《たつや》の暗殺を企てるのがどれほど無謀なことなのか、有希《ゆき》は身に染《し》みて知っていた。だから彼女は、鰐塚《わにづか》の根拠とも言えない理屈に思わず納得してしまう。

「それでは足りない」

だが文弥《ふみや》は納得しなかった。

「達也《たつや》さんの暗殺などという暴挙を請け負ったのは、背後に大規模な犯罪シンジケートが控えているから、というのは間違っていないだろう。だがそもそも達也《たつや》さんを暗殺しようなどと考えてそれを実行に移すのは、たかが国際犯罪結社ごときが決断できることじゃない」

「マフィア・ブラトヴァのバックにはさらに大物が控えていると？」

この鰐塚《わにづか》の問い掛けに、

「相当な財力を持つスポンサーが付いていると思う」

文弥《ふみや》は「財力」という限定付きで肯定の回答を返した。

「我々に対するご依頼に、そのスポンサーは含まれますか？」

こう訊《たず》ねたのは若宮《わかみや》だ。

「いや、君たちに掃《は》除してもらいたいのは実行部隊だけだ」

文弥《ふみや》はその問い掛けに頭《かぶり》を振り、「対象は国内に限られる」と付け加えた。

「何だ、経費で海外旅行させてもらえるわけじゃねえのか」

「シベリアに骨を埋めても良いなら旅費くらい負担してあげるけど？」

有希《ゆき》と文弥《ふみや》が軽口を応酬する。——奈穂《なお》は横で聞いていて「笑えない」と思っていたが。

少しも和まなかった空気を気にする素振りもなく、文弥《ふみや》は黒川《くろかわ》に向かって「あれを」と指示した。

黒川《くろかわ》は何時《いつ》の間《ま》にか手に持っていたデータケーブル内蔵型の携帯端末からケーブルを引き出し、その端子を鰐塚《わにづか》に差し出した。

鰐塚《わにづか》はすぐにその意図を察した。自分の携帯端末を取り出し、一言黒川《くろかわ》に断ってからケーブルを端末につなぐ。

「良《い》いですか？」

「どうぞ」

黒川《くろかわ》の問い掛けに鰐塚《わにづか》が頷《うなず》く。黒川《くろかわ》が自分の端末を操作し、データ転送が始まった。

データ転送に有線接続を使う第一の目的は盗聴対策だが、転送速度も若干上がる。無線技術と同様にケーブルの性能も上がっているからだ。転送は五秒も掛からずに完了した。

「今渡したのは、この件でこれまでに確保した者とその所属組織の情報だ。返り討ちにした実行犯だけでなく、周囲を嗅ぎ回っていた連中も含まれている」

鰐塚《わにづか》がケーブルを外している最中に文弥《ふみや》は、転送したデータの中身を説明した。

「まずそこから潰せば良いのですね？」

若宮《わかみや》の質問に、文弥《ふみや》は「いや」と首を横に振った。

「そいつらの始末は別に手配している。君たちは新顔に対応してくれ」

そしてこう言い添える。

「護衛じゃないんだよな？」

今度は有希《ゆき》が質問した。

「言っただろう。君たちの仕事は狩りだ」

「のこのこやられにやって来たチンピラのバックを突き止めて潰せ、ってことか」

「そういうことだ」

文弥《ふみや》が、今度こそ頷《うなず》く。

「準備が調い次第、取り掛かってくれ」

そして、言わずもがなの指示を付け加えた。

◇◇◇

「段取りはどうする？　このままあたしのマンションで打ち合わせるか？」

文弥《ふみや》を送り出した会議室で、有希《ゆき》が他の三人にこれからのことを訊《たず》ねる。

若宮《わかみや》がチームに加わった後、有希《ゆき》は3ＬＤＫの部屋に引っ越した。住人は有希《ゆき》と奈穂《なお》の二人なので住むだけなら2ＬＤＫか、いっそ2ＤＫで十分なのだが、チームのメンバーが増えて打ち合わせをする為《ため》の部屋が必要になったのだ。

「もらったデータを精査したいので、一晩もらえますか？　そうですね……、明日の午後一番でどうです？」

鰐塚《わにづか》が有希《ゆき》の問い掛けに対して、遠慮の無い口調で答えを返した。

「俺も目を通しておきたい。データをもらえるか」

若宮《わかみや》も鰐塚《わにづか》に同調する。

「いいぜ。じゃあ、ここで解散だな」

自前のケーブルを端末につないでいる鰐塚《わにづか》に、有希《ゆき》は背を向けて片手を軽く振った。

そのまま会議室の出口へ足を進める。

有希《ゆき》の背中に続いた奈穂《なお》が扉の手前で振り返って、ぺこりとお辞儀をしながら「失礼します。おやすみなさい」と律儀《りちぎ》に挨拶《あいさつ》を告げた。

◇　◇　◇

翌日の昼過ぎ、有希《ゆき》の部屋に集まった四人は三者三様に悩ましげな表情を浮かべていた。

「……やはりあの人の了解を得る必要があると思いますよ」

鰐塚《わにづか》が諦観のたっぷりこもった声音で沈黙を破る。

「……文弥《ふみや》から話を通してもらうだけじゃダメなのか……？」

有希《ゆき》が悩ましげに、と言うより苦しげに反論する。単に嫌がっているというレベルを超えた、宗教的な禁忌に触れる恐れに似た忌避感が彼女のセリフから溢《あふ》れ出《で》ていた。

「敵と誤認されるのは避けたい。顔見知りだからと手心を加えてくれる方ではないだろう」

若宮《わかみや》の口調は自分自身に言い聞かせるようなものだった。

「有希《ゆき》さんが苦手意識を持つのは分かりますけど、もう時効だと思いますよ。達也《たつや》さまは昔のことを何時《いつ》までも引きずる方ではありませんって」

最も悩み具合が軽かった奈穂《なお》が有希《ゆき》に慰めの言葉を掛けた。――ただしそれが、気休めでないという保証は無い。

「そうかぁ？　むしろ忘れるとか許すとかとは、無縁な人な気がするんだが」

言われた有希《ゆき》には、気休めとしか思えなかった模様。

彼女は以前、誤って――催眠術で操られて達也《たつや》に刃を向けた際、「次に姿を見せれば消す」と念を押されている。事実は少し違うのだが有希《ゆき》の心にはそういう風に捻じ曲がった記憶が、避けられぬ死の予感と共に刻み込まれていた。

彼女も理性では、顔を見せただけでいきなり消されることはないと分かっている。だが有希《ゆき》が懐《いだ》いている、達也《たつや》に対する忌避感は理屈ではなかった。それは生存本能が命じる、逃避衝動にも等しいものだった。

「ナッツ。今回の仕事にあの人の監視が不可欠だということは理解していますよね？」

鰐塚《わにづか》の問い掛けに、有希《ゆき》は不承不承頷《うなず》いた。

「では、あの人に尾行を気付かれない自信がありますか？」

「……ねえよ」

有希《ゆき》は嫌々、仕方無く、不本意感丸出しでこれも認めた。

「ならばやはり、挨拶《あいさつ》は必要です。我々の、身の安全の為《ため》にも」

この時、鰐塚《わにづか》は目が据わっていた。「身の安全の為《ため》」という彼のセリフは百パーセント本気だった。

「……分かったよ」

有希《ゆき》はようやく、覚悟を決めた声音と不貞腐《ふてくさ》れた顔で頷《うなず》いた。

「クロコ。挨拶《あいさつ》のセッティングは任せても良いか？」

「任されました」

頷《うなず》く鰐塚《わにづか》を見て、いよいよ達也《たつや》との「挨拶《あいさつ》」が避けられないと実感した有希《ゆき》の表情は、一層渋いものになった。

◇◇◇

その日の夜、鰐塚《わにづか》は文弥《ふみや》に呼び出されて二日連続で『ホテル・ブラックスワン』を訪れていた。彼は有希《ゆき》も連れてこようとしたのだが、彼女は今回に限って決して首を縦に振ろうとしなかった。

「……達也《たつや》さんを襲撃しようとする相手を捕らえて背後関係を突き止めるという方針は理解した。僕もそれで良《い》いと思う」

鰐塚《わにづか》が文弥《ふみや》に説明したプランは、敵の襲撃が予想される場所と状況に網を張って暗殺の実行部隊を捕らえ、背後に潜む者を狩り出していくというオーソドックスなものだった。

「ありがとうございます。つきましては、あの方の登下校及び通勤時に尾行させていただくご許可と、あの方がお勤めのＦＬＴに潜入する伝手《つて》を頂戴したいのですが」

鰐塚《わにづか》は具体的な作戦の前提として、達也《たつや》が襲撃される幾つかのシチュエーションを想定した。巳焼島《みやきしま》との往復中、魔法大学の通学路、魔法大学構内、ＦＬＴとの往復路、ＦＬＴ内部、財界人との面談の場、この六通りだ。

その内、巳焼島《みやきしま》との往復にはＶＴＯＬを使用しているから鰐塚《わにづか》たちには手の出しようがない。魔法大学の構内は警備が厳重で、仮に暗殺者を発見しても捕まえておく場所が無いので除外。財界人との面談の場も同じ理由で作戦上は無視することにしている。

鰐塚《わにづか》は残る三つのシチュエーションについて、文弥《ふみや》の協力と口添えを依頼したのだった。

「達也《たつや》さんはＦＬＴに勤めてるわけじゃないけど……リクエストは了解した。明日、達也《たつや》さんのご意向をうかがってからの回答になるが、おそらく大丈夫だろう」

「ご承諾をいただけたなら、チーム全員であの方に直接ご挨拶《あいさつ》したいのですが」

「そうだな……。確かにその方が良《い》いだろう」

「よろしくお願いします」

鰐塚《わにづか》が文弥《ふみや》に畏《かしこ》まった表情で頭を下げる。顔は緩んでいない。だが鰐塚《わにづか》は顔の表情以外から漏れ出す雰囲気で、肩の荷が下りたという安堵《あんど》感を隠せていなかった。

◇　◇　◇

翌日、文弥《ふみや》は巳焼島《みやきしま》を訪れた。

朝食後、達也《たつや》に「会って相談したいことがある」旨《むね》のメールを送ったら、「巳焼島《みやきしま》で会う」という回答があったのだ。

亜夜子《あやこ》は今日も深雪《みゆき》、リーナと三人でお出掛けだ。以前の深雪《みゆき》と亜夜子《あやこ》は、決して一緒に遊び回るような間柄ではなかった。二人の間には微妙な緊張感が存在していた。

文弥《ふみや》が見たところ、それは今も消えていない。しかしそれはそれとして、女性には女性同士の付き合いというものがあるのだろう。あるいは、ご近所付き合いの延長なのかもしれない。

——単に、表面的に付き合う分には楽しいだけという可能性もある。

文弥《ふみや》としては、本当は亜夜子《あやこ》に同席して欲しかった。いや、この言い方では誤解を招くかもしれない。文弥《ふみや》は相談内容の性質上、本当は亜夜子《あやこ》も同席すべきだと考えた。

達也《たつや》に対する攻撃は今や四葉家《よつばけ》に対する攻撃と同義であり、これに対処するのは四葉家《よつばけ》の諜報部門《ちょうほう》である黒羽家《くろばけ》の責務だからだ。少なくとも文弥《ふみや》はそう確信している。

黒羽家《くろばけ》当主である彼の父親は、異なる考えを持っているのかもしれないが。

巳焼島《みやきしま》では今、恒星炉プラントの建設が急ピッチで進んでいた。恒星炉は実験段階をクリアして、既に部分的な商用運転段階に移行している。現在、達也《たつや》はその一層の効率化を目指して、主に人造レリックの改良に注力していた。

そんなわけで達也《たつや》は多忙だ。しかし、研究所に到着した文弥《ふみや》はすぐに達也《たつや》の許《もと》へ通された。どうやら文弥《ふみや》の到着予定に合わせて、時間を取っておいてくれたようだ。

達也《たつや》は研究所内に置かれた喫茶室にいた。室内に他の人影は無い。元々利用者が少ないのか、文弥《ふみや》の為《ため》に貸し切りにしてくれたのか。

多分後者だろうと考えた文弥《ふみや》は、待ち時間が無かった——自分の為《ため》に時間を空けていてくれたことと合わせて、恐縮しながら達也《たつや》の正面に腰を下ろした。

時間を割いてくれたことに対する御礼《おれい》という型どおりの挨拶《あいさつ》を文弥《ふみや》が述べた後、達也《たつや》が早速用件を訊《たず》ねる。文弥《ふみや》も今日は世間話をするつもりではなかったので、すぐに鰐塚《わにづか》の要望を伝えた。

「分かった。厚意はありがたく受け取らせてもらう。暗殺者の始末は文弥《ふみや》に任せよう」

「はい！　お任せください！」

「配下の者との顔合わせは俺の方からも頼みたい。早速だが、明日の晩でも構わないか？」

「構いません。こちらで都合を合わせさせます」

「場所は……そうだな。あまり同じ場所ばかり使うのもまずいだろう。四方八方亭《よもやも》は知っているな？」

「南青山の料亭ですね。僕の方で部屋を押さえておきます」

四方八方亭は文弥《ふみや》が言ったとおり南青山にある料亭で、ホテル・ブラックスワンと同様に四葉家《よつばけ》の実質的な支配下にある。四葉家《よつばけ》の関係者だけでなく政治家も密談に利用しており、黒羽家《くろばけ》にとっては重要な情報収集拠点の一つだった。

「そうか。では、頼む」

このような事情から、今の段階ではおそらく文弥《ふみや》の方が達也《たつや》よりも四方八方亭に対して顔が利《き》く。達也《たつや》は一瞬でそう結論し、文弥《ふみや》に予約手続きを譲った。

「はい！　時間は如何《いかが》いたしましょうか？」

「八時半にしよう」

達也《たつや》が指定したのは言うまでもなく夜の八時半で、文弥《ふみや》はそんな分かり切ったことを問い返さなかった。笑顔で「かしこまりました」と頭を下げる文弥《ふみや》は、良くできた女性秘書か、然《さ》もなくば有能なメイドのようだった。

◇　◇　◇

三月二十四日、夜。

有希《ゆき》たち四人は南青山の某裏通りにある料亭を訪れていた。

畳の部屋に不慣れなのだろう。有希《ゆき》は座布団《ざぶとん》の上でモゾモゾしている。

若宮《わかみや》は正座こそ苦にならないようだが、やはり落ち着かない様子だ。

鰐塚《わにづか》は情報屋として様々な場所に出入りしているからか、表面上は平然としていた。

意外だったのは奈穂《なお》で、彼女が一番高級料亭の雰囲気に溶け込んでいた。

そんな状態で待つこと三十分弱。

文弥《ふみや》が達也《たつや》を伴って、時間どおりに現れた。

達也《たつや》に続いて文弥《ふみや》が着座する。

二人とも、正座に慣れている座り方だ。特に達也《たつや》は堂々として、かつ隙の無い姿だった。

「既に達也《たつや》さんがご存じの者もいるけど、改めて自己紹介をしてもらおうか」

腰を落ち着けた文弥《ふみや》の、第一声。彼は挨拶《あいさつ》でも労《ねぎら》いでもなく、達也《たつや》に対し礼を尽くすことを有希《ゆき》たちに要求した。

誰も反感は懐《いだ》かなかった。鰐塚《わにづか》と奈穂《なお》は最初からこの程度で反発を覚える性格ではなかったし、有希《ゆき》と若宮《わかみや》はそれどころではなかった。生き死にを何度もくぐり抜けてきた二人は、全身に力を入れて逃走衝動を懸命に抑え込んでいた。

有希《ゆき》は心の中で悪態を吐《つ》いた。――こいつ、ますますヤバくなってるじゃねえか、と。

若宮《わかみや》は心の中で呻《うめ》いていた。――この男は本当に人間なのか、と。

二人を圧迫しているのは、避けられない死の予感。

達也《たつや》は殺気を放っていない。彼はただ、そこにいるだけだ。

有希《ゆき》と若宮《わかみや》が感じているのは、絶対的な戦力差。相手がその気になれば、自分たちは抵抗すらまともにできないだろうという実感。生殺与奪の権を眼前の存在に握られていると
いう確信。

「では最年長の私から……」

鰐塚《わにづか》が先陣を切ると同時に、有希《ゆき》と若宮《わかみや》は同時にこっそり息を吐《つ》いた。達也《たつや》の目が鰐塚《わにづか》へ向いたことで、身体《からだ》を縛り上げる緊張から解放されたのだ。

自分たちが独り相撲を取っていたということに、二人は気付いていなかった。

彼女たちは勝手に達也《たつや》との戦いをシミュレーションして、その結果得られた死の幻影に怯《おび》えていただけだった。

鰐塚《わにづか》の自己紹介が終わり若宮《わかみや》の番になる。達也《たつや》に目を向けられても、つい先程のような緊張を若宮《わかみや》は覚えなかった。それは有希《ゆき》も同様だ。嫌々名乗っている最中、達也《たつや》の視線を浴びても、有希《ゆき》は最早《もはや》絶望に囚《とら》われなかった。

有希《ゆき》も若宮《わかみや》も、仮定の世界においてすら、達也《たつや》に抗《あらが》うことを放棄したのだった。

こうして有希《ゆき》たち四人と、達也《たつや》の顔合わせは終わった。

鰐塚《わにづか》が説明した暗殺者迎撃プランに、達也《たつや》は鷹揚《おうよう》な態度で許可を出した。

ただしそこには「明後日《あさって》から」という条件が付いていた。

【幕間《まくあい》】


二〇九九年三月二十五日、午前十時。

「そろそろ出掛けようか」

達也《たつや》が部屋の扉をノックしながら深雪《みゆき》に呼び掛ける。

すぐにドアは開いた。

「かしこまりました」

嬉《うれ》しそうに応える深雪《みゆき》の装《よそお》いは、春らしい色合いの上品なワンピースだ。このまま三つ星ホテルで催されるパーティーに出席できそうな装《よそお》いだが、ドレスというほど格式張ってはいない。柔らかなキャペリン（ガーデンハット）が良《い》い塩梅《あんばい》のアクセントになっている。街着《タウンウエア》としてもおかしくない、絶妙のラインに収まっていた。

今日は深雪《みゆき》の、十代最後の誕生日だ。達也《たつや》は仕事を休んで、これから深雪《みゆき》を遊びに連れて行くところだった。

「どう、タツヤ？　惚《ほ》れ直した？」

深雪《みゆき》の後ろからリーナが顔を出す。彼女は侍女《レディースメイド》よろしく、深雪《みゆき》の支度を手伝っていたのだった。自分のオシャレには結構無頓着なところがあるリーナだが、深雪《みゆき》を飾り立てるのは楽しいようだ。「お人形遊び」の延長のようなものだろうか。

「そうだな、とても魅力的だ」

達也《たつや》は臆面もなく、少しも躊躇《ためら》わずに、真顔で答えた。

「あらあら……。平常運転ね」

呆《あき》れ顔《がお》ながらも嬉《うれ》しそうなリーナ。

深雪《みゆき》は頬を赤らめ、少し恥ずかしそうに「ありがとうございます……」と小声で囁《ささや》いた。

玄関で靴を履き終えた深雪《みゆき》に達也《たつや》が左腕を差し出す。

深雪《みゆき》は手をつなぐのではなく、腕を絡《から》めた。

絡《から》めた腕を抱え込むような格好で深雪《みゆき》がピッタリと身を寄せる。

達也《たつや》はそのままの体勢でリーナへと振り返った。

「後はよろしく頼む」

「ええ、任せて。――行ってらっしゃい。好い一日を！《Have a nice day!》」

ニッコリ笑ったリーナに見送られて、達也《たつや》は深雪《みゆき》とのデートに出掛けた。

◇　◇　◇

「さて、と……」

達也《たつや》と深雪《みゆき》を見送ったリーナは、やけに気合いの入った笑みを浮かべた。

（ワタシもさっさと準備をして出掛けなければ、ね）

リーナは心の中で呟《つぶや》き、自分の部屋に戻った。

リーナの自宅は達也《たつや》と深雪《みゆき》の自宅と同じビルの同じフロア。行き来に掛かる時間はゼロ分《ふん》だ。彼女は自分の部屋でスポーティな服に着替え、日本の法に触れない隠し武器を取り出してウエストポーチに詰める。

そのタイミングでドアホンの呼出音が鳴った。リーナの顔に意外感は浮かばなかった。ポーチを腰に巻きながら、音声操作で「はい、どなた？」と応答する。「はい」が応答ボタンの代わりで「どなた？」が返答だ。

『花菱《はなびし》です』

「今開けるわ」

その言葉どおりリーナは玄関に急ぎ足で向かい、ドアカメラのモニターをチラッと見ただけで靴を履いて扉を開けた。

「おはようございます、リーナお嬢様。本日もご機嫌麗《うるわ》しく……」

「行くわよ」

兵庫《ひょうご》の挨拶《あいさつ》を遮って、リーナが玄関から外に出る。扉が閉まり、自動的に施錠《せじょう》された。

「かしこまりました」

兵庫《ひょうご》は中断させられた口上に拘《こだわ》らず、リーナに一礼する。

その時には既に、リーナはエレベーターに向かっていた。


地下駐車場に向かうエレベーターの中で、リーナが兵庫《ひょうご》に「準備はOK？」と訊《たず》ねた。

「もちろんでございます。お二方のご利用予定ルートには手の者を配置済みです」

「そう。タツヤに気付かれないのは無理でしょうけど、ミユキには覚《さと》られていないわよね？」

「その点については厳重に申し付けております」

兵庫《ひょうご》の答えに、リーナは「結構よ」と取《と》り敢《あ》えずの納得を示した。

その直後、エレベーターが停止しドアが開く。

エレベーターホールを出てすぐの所に、何本ものアンテナにパラボラアンテナまで備えた中継車のような大型のボックスワゴンが停《と》まっていた。リーナが一瞬戸惑った表情を見せたのは、三年前、彼女が初来日した際に作戦で使った指揮車と外見がそっくりだったからだ。

しかしリーナの足が止まったのは、一瞬と言って良い短い時間だった。彼女は兵庫《ひょうご》に促される前に、自分でドアを開けてボックスワゴンに乗り込んだ。

車内は、外から見た印象を裏切らなかった。シートは二列。後ろ半分は情報機器で埋まっている。後列のシートは前列との間隔が広く取られており、ラップトップのコンソールで車載機器を操作できるようになっている。

この点は三年前の作戦で使った指揮車より効率化されているな、とリーナは思った。ただし定員は運転手を含めてわずか四名。人員の輸送は考えず指揮管制に特化したレイアウトだ。

後列の奥に座ったリーナは、ドアポケットから通信機のヘッドセットを取り出して頭に装着した。そしてすぐに、バンドに組み込まれている通信機のリモートスイッチを入れる。

「総員に告げる」

リーナは慣れた口調でマイクに向かって話し始めた。

「今回のミッションは、知ってのとおり——」

ボックスワゴンが発進したが、それで彼女の口調が乱れることはなかった。

「——今日一日、タツヤとミユキの邪魔をする者を徹底排除するのが目的だ。相手が何者だろうと、今日は二人の邪魔を許してはならない。……残念ながら」

ここでリーナが声のトーンを落とす。

「タツヤに気付かれずミッションを遂行するのは不可能だろう。だが——」

そしてもう一度、彼女は声を張り上げた。

「ミユキには、我々の介入を気取らせてはならない。困難な任務だが、各員の全身全霊を以《もっ》て遂行されたい。諸兄の奮闘に期待する」

まるでスターズ総隊長時代に戻ったような、もしかしたらあの当時よりも引き締まった表情で発破を掛けるリーナ。

ヘッドセットのスピーカーから彼女の激励に応える声が届いた。

「お疲れ様です」

そして隣席の兵庫《ひょうご》は、彼女に労《ねぎら》いの言葉を掛けた。

◇　◇　◇

予約していたレストランの個室でランチを済ませた後、達也《たつや》は深雪《みゆき》をジュエリーショップへ連れて行った。誰もが知っているような高級ブランドの路面店だ。

達也《たつや》は深雪《みゆき》の腰に手を回して、ショーケースの前に誘導した。達也《たつや》が真《ま》っ直《す》ぐに向かったそこは、大粒のダイヤモンドを使った指輪のカウンターケースだった。

「気に入ったデザインを選んでくれ」

「買ってくださるのですか……？」

深雪《みゆき》の声には「誕生日プレゼントにしては高価すぎるのではないか」という疑問が込められている。

「単なる誕生日プレゼントではない」

達也《たつや》は深雪《みゆき》が口にしなかった疑問を正確に理解した。

「エンゲージリングだ。ずいぶんな遅刻だが、受け取って欲しい」

カウンターの向こうで深雪《みゆき》の美貌に放心していた女性店員が、我に返って「まあっ！」と控えめに声を上げる。

深雪《みゆき》は口元を綻《ほころ》ばせ、頬を少しだけ赤く染めながら、同時に訝《いぶか》しげな表情を浮かべた。

「婚約の指輪は既に頂戴しておりますが……？」

遠慮がちに深雪《みゆき》が事実に言及する。

「勘違いではないか」と指摘された格好だが、達也《たつや》に動揺は無かった。彼の表情は「想定内」と語っていた。

「あれは叔母上が選んだ物だ。謂《い》わば四葉家《よつばけ》としての婚約指輪。今日は俺が、お前にエンゲージリングを贈りたい」

店員の顔に一瞬、驚愕《きょうがく》と緊張が走ったのは、四葉家《よつばけ》のことを知っていたからだろう。もしかしたら四葉家《よつばけ》の名前で一時期ニュースを騒がせた達也《たつや》のことを思い出したのかもしれない。ただその表情は一瞬で消えた。さすがは高級ブランドの、最も高額な商品を取り扱うカウンターを任せられた店員だけのことはあると言えよう。

一方、深雪《みゆき》の顔に表れた動揺は、一瞬では消えなかった。目を見張って硬直している彼女の頬は、今や鮮やかに紅潮していた。

深雪《みゆき》が目を伏せ顔を俯《うつむ》かせて、静かに深く息をする。顔を上げた深雪《みゆき》は、淑女の笑みに内心の動揺と歓喜を隠していた。

「──それでは、達也《たつや》様が選んでくださいませんか？」

「分かった」

これも想定内だったのか、達也《たつや》は慌てず、迷わず、ケースの中に展示されている大小のダイヤがバランス良く並んでいる指輪を指差した。特別に大粒の石ではないが、それが逆に宝石の自己主張を適度に抑え、清楚《せいそ》な印象になっている。

「これを見せてもらえませんか」

「かしこまりました」

店員が満面の笑みを浮かべてケースから指輪を出す。

「どうぞお試しください。お客様にはちょうど良《い》いサイズだと思いますよ」

そう言いながら、店員は深雪《みゆき》ではなく達也《たつや》に白い手袋を渡した。

達也《たつや》は戸惑うことなく手袋をはめて、右手で指輪を、左手で深雪《みゆき》の左手を持った。

深雪《みゆき》が自分の左手を凝視する。

その薬指に、達也《たつや》が右手に持つ指輪をはめた。

深雪《みゆき》は左手を顔の前に持って行って、薬指にはまった指輪をうっとりと見詰めた。

「気に入ってもらえただろうか？」

達也《たつや》が深雪《みゆき》に訊《たず》ねる。

深雪《みゆき》は指輪から視線を離し、達也《たつや》の瞳を見上げて「はい」と答えた。

「それは良かった」

達也《たつや》は深雪《みゆき》に向かって落ち着いた笑顔で頷《うなず》き、店員に視線を転じた。

「ではこの指輪をオーダーします」

この指輪の値段は一千五百万円。このレベルの価格帯になると、サイズだけでなく指の形にピッタリ合うように指輪のアームその他を一から作るセミオーダーが現在の主流だ。値段はこの加工費を最初から含んでいる。

店員の笑顔は達也《たつや》のそれとは対照的に落ち着きの無い、興奮を隠せていないものだった。

店員は丁寧な手付きで深雪《みゆき》の手から指輪を抜き取り、柔らかな布を張ったトレーへ慎重に置いた。その上で達也《たつや》に「お支払いは如何《いかが》いたしましょうか？」と訊《たず》ねる。その声は少し震えていた。

彼女は若く見えるが、この仕事を十年以上続けているベテランだ。その彼女でも、一度の来店でこの金額の商品を即決する客というのは初めての経験だった。――なお達也《たつや》がこの店に来るのは確かに初めてだが、下調べはオンラインカタログや仮想店舗で十分に行っていた。彼も第一印象で指輪を選んだのではない。

「こちらのカードで構いませんか？」

そう言って達也《たつや》が取り出したのは、利用限度額無制限のクレジットカードだった。

「はい……取り扱っております」

「では一括払いで」

店員の笑みが不自然に固まった。それでも彼女は口調を崩さず「かしこまりました」と答えてカードを受け取った。

その後、指の計測やデザインのバリエーションその他の細かい説明、カードの照会と認証手続きなどで、店を出た時には入店から二時間近くが経過していた。

もっとも、この程度、達也《たつや》には織り込み済みの時間だった。店の外には既に達也《たつや》が呼んだタクシーが停《と》まっていた。ロボットタクシーではなく高価な有人タクシーだ。二人はそのタクシーに乗って次のデートスポットへ向かった。

◇　◇　◇

「ここが最後だったわね？」

達也《たつや》が深雪《みゆき》を高層ホテルに連れて入ったのを離れた所に停《と》めた車の中から見て、リーナは隣席の兵庫《ひょうご》に訊《たず》ねた。

「はい。こちらのレストランでディナーを召し上がってお帰りになるご予定です」

「何とか気付かれずに済んだみたいね……」

安堵《あんど》の息とため息を同時に吐《つ》きながらリーナが漏らしたセリフを補足すると、「(ここまで)何とか(ミユキに)気付かれずに済んだみたいね」となる。

ため息が交ざるのも無理はないだろう。リーナは約半日、むず痒《がゆ》さを堪《こら》えて、ついでに砂糖を吐きたくなるのを我慢して、達也《たつや》と深雪《みゆき》のデートに付いて回ったのだ。しかも深雪《みゆき》に気付かれてはならないという条件付きだ。

「疲れた……。心臓に悪いミッションだったわ……」

シートに身体《からだ》を預けてリーナはぐったりと全身の力を抜いた。遠足ではないが、今日のミッションは自宅に帰るまでが仕事。まだ完了したとは言えないのだが、兵庫《ひょうご》を含めて車内の誰も彼女の態度を咎《とが》めなかった。

精神的な疲労は、大なり小なり彼らも同じだったからだ。

彼らによる護衛は確かに、深雪《みゆき》には気付かれなかった。だが今日の深雪《みゆき》は最初から、達也《たつや》以外は視界に入らない状態だった。

しかし、言うまでもなく達也《たつや》は違った。彼は護衛に気付いていただけでなく、自ら暗殺者を見付け出し、度々リーナや兵庫《ひょうご》たちに視線で指示を出していた。

護衛対象が護衛に先んじて不審者に気付くというのは、ある意味で護衛の不甲斐《ふがい》なさに対するダメ出しだ。フィアンセをエスコートしている最中の人間にダメ出しを喰《く》らうプレッシャーは、リーナたちの精神を酷《ひど》く消耗させていた。

達也《たつや》も普段であれば、味方を徒《いたずら》に疲弊させるような真似《まね》はしない。今日のデートには彼もそれだけ神経を尖《とが》らせていたということに違いなかった。

【3】西から来た男

二〇九九年三月二十六日、木曜日。近畿地方警察テロ対策部隊に勤務する空澤兆佐《からさわときすけ》巡査部長は出勤早々本部長室に呼ばれた。

「空澤《からさわ》巡査部長、喜べ。栄転だ」

「転勤ですか？」

空澤《からさわ》巡査部長は今年二十二歳。魔法大学付属第二高校を卒業してすぐ近畿地方警察に奉職し四年目。魔法師警察官の特例で一年早く巡査部長に昇任したばかりだ。彼はその若々しい顔に訝《いぶか》しげな表情を浮かべた。

空澤《からさわ》は去年神戸《こうべ》水上警察署から本部のテロ対策部隊に異動して、まだ一年も経《た》っていない。テロ対策部隊は魔法師警官にとっては花形部署だ。そこを一年も経《た》たずに外されるというのは、空澤《からさわ》でなくても栄転とは思えなかっただろう。

彼にはテロ対策部隊で特にへまをした覚えは無い。新米なりに貢献できているという自負もある。「何故《なぜ》？」という不満が彼の中で自然に生まれた。

しかし幸いにしてその不満が大きく育つ前に、彼の誤解は解かれた。

「正確には出向だ。空澤《からさわ》巡査部長、四月一日付けで警察省広域捜査チームへの出向を命じる」

犯罪の広域化・高度化・凶悪化に伴い自治体警察では対処が難しくなった結果、警察機構が中央集権的に改組され警察省は監督の為《ため》だけの省庁から犯罪捜査・治安維持を担《にな》う省庁として生まれ変わった。警察省への出向は今や警察官僚としてだけでなく警察官としても、高い次元の活躍が可能な栄転と言えた。

「了解しました！」

自分の中で誤解を解いた空澤《からさわ》は、最敬礼で本部長に頭を下げた。

◇　◇　◇

三月二十六日。有希《ゆき》は早速FLTに潜入していた。

FLT（フォア・リーブス・テクノロジー）は達也《たつや》がトーラス・シルバー名義で数々のCADとその関連製品を発表した魔法工学企業だ。あいにくと有希《ゆき》には、この企業で雇ってもらえるような専門的な知識も技能も無かった。

有希《ゆき》には身体強化《フィジカルブースト》という特殊能力が備わっているが、彼女はサイキックであってCADを使う魔法師ではない。それ故CADのテスト要員として働くこともできない。

彼女が潜入に使った仮面は「緑屋《みどりや》」だった。緑屋は花や観葉植物で職場環境に潤いを届ける仕事で、単に植物を届けるだけでなく植物の効果的な見せ方を提供する。清掃受託会社の一部門から発展し、今では全国規模の専門業者が何社も生まれている。

昨今、職場の「緑化」は企業の福利厚生面でますます重視されており、FLTでも外部の業者を本社だけでなく、研究拠点にも入れていた。

緑屋の作業員として企業に派遣される為《ため》には「グリーン・アレンジメント」という民間資格が必要だ。有資格者の助手となって働くという手もあるのだが、有希《ゆき》は潜入に便利なこの資格を二年前に取得し、緑屋の業務を行う派遣会社に登録していた。今回はこれを使ってFLTに潜入を果たしたのだった。

「緑屋」という職業の待遇は悪い。鉢植えや花瓶の重量は機械を使えば何とかなるが、担当する職場を一日中巡回して植物の世話と周りの掃除、時には害虫の駆除も行う。小さな事業所を割り当てられた場合は、一日に何ヶ所もの事業所を駆けずり回らなければならなくなる。

有希《ゆき》が潜入しているFLT開発第三課棟——FLT内部では単に「研究所」と呼ばれ、以前は「CAD開発センター」が正式名称だった——はそれなりに規模が大きい為《ため》、彼女は無事この専任として配属されている。潜入工作員として格好の条件を与えられて、彼女はスカートを翻《ひるがえ》しながら研究所内を速歩《はやあし》で動き回っていた。

なお緑屋の作業員は九割以上が女性で、ほとんどの会社がワンピースにエプロンの女性制服を採用している。これは「職場に潤いを与える」という緑屋のキャッチフレーズが故意に曲解された結果だった。ただ基本的に裏方仕事である為《ため》か、男性はもちろん女性からの苦情も少ない。その結果、「メイド的な制服」の問題は放置されていた。

さて、榛有希《はしばみゆき》は童顔である。同時に小柄で、少女体形でもある。もうすぐ二十二歳になる彼女だが、普通の格好をしていても高校生くらいにしか見えない。さすがに小学生は難しいだろうが、女子中学生になら無理なく変装できるに違いない。

その有希《ゆき》がエプロン&ワンピースで、スカートを翻《ひるがえ》して走り回っているのだ。彼女は初日からたちまち研究所の人気者になった。一世紀前と違って研究所には女性も多いが、男女を問わずある程度年が行った従業員は、小さな身体《からだ》で忙しそうに立ち回る有希《ゆき》に、微笑《ほほえ》ましげな目を向けるようになっていた。

このようにして有希《ゆき》は、FLTに無事潜入を果たした。

◇　◇　◇

達也《たつや》は四月から魔法大学の二年生だが、魔法工学技術者として毎日精力的に働いている。新学期が始まっても、大学より職場の方が彼の生活に占める比重は高くなるに違いない。

働く場所も、巳焼島《みやきしま》の恒星炉プラントと四葉家《よつばけ》の研究施設に滞在する時間が増えてきている。現段階の比率はFLTの研究所——町田《まちだ》にある開発第三課と半々だが、近い内に巳焼島《みやきしま》の方がメインになると、本人も周囲の人間も考えていた。

だが今のところは、達也《たつや》は週に三日のペースで町田《まちだ》に通っている。

ところで彼は二〇九七年の春から夏にかけて起きた一連の国際的事件で、魔法関係者だけでなく普段は魔法と関わりが無い一般大衆にも知られるようになった。スキャンダルの渦中《かちゅう》にある政治家や芸能人のように連日メディアによって晒《さら》し者《もの》にされることはなかったが、名前だけでなく顔もそれなりに広まった。

二年間という年月は、大きな事件のメインキャストを大衆が忘れてしまう程の長い時間ではない。道を歩いているだけで騒ぎになるという程ではないが、時々ヒソヒソと噂話《うわさばなし》のネタになる程度には人々の記憶に残っている。達也《たつや》が公共交通機関を利用しづらい状況は、二〇九九年三月末の今でも続いていた。

彼がマイカー通勤になるのは、ある意味で自然な流れだった。

調布《ちょうふ》から町田《まちだ》まで、達也《たつや》は自分でハンドルを握って通っている。

「ハンドルを握って」と言ってもこの区間は自動運転に対応しており、また実際に操作するのは操縦桿《かん》のようなレバーだ。二十一世紀末現在、ハンドル操作の自走車は全体の約半数を少し上回る程度。自動運転網が整備された都心部では四割を切っている。「ハンドルを握る」という言葉は今や、慣用句としての意味合いが強かった。

――閑話休題。

達也《たつや》のマイカー通勤は、鰐塚《わにづか》や若宮《わかみや》にとっても都合が良かった。公共交通機関として最もポピュラーな個型電車《キャビネット》は、尾行が困難だ。昔の電車のように同乗するということができないし、目的地が分かっていても到着時間を合わせるなどという芸当は事実上不可能だ。同じ駅から後続の車輌《しゃりょう》に乗っても、すぐ後ろに付けるとは限らない。同じ到着駅をセットしても途中でルートが分かれることもざらにある。

下の道路を自走車で追跡しようとしても個型電車《キャビネット》の方が高速だ。安全対策の歩車分離により信号機は減っているとは言え、皆無ではない。小回りが利《き》くバイクで、しかも交通法規を無視して何とか追随が可能になる。そこまでしなければならない程、個型電車《キャビネット》の尾行は難しい。その点、マイカー通勤なら普通に尾行できる。

三月二十七日、金曜日。昨日は達也《たつや》がFLTに出勤しなかった為《ため》、今日が二人にとってのミッション初日だ。若宮《わかみや》がバイクを駆り、ワゴン車に乗った鰐塚《わにづか》がそれをフォローする形で、二人は町田《まちだ》のFLTに向かう達也《たつや》の自走車を尾行していた。

現在達也《たつや》は何者かに命を狙われている。しかし鰐塚《わにづか》たちの目的は達也《たつや》の護衛ではなく、彼を狙う「何者か」の抹殺。ミッションの第一ステップは、仕留めるべき相手の正体を突き止めることだ。達也《たつや》の自走車を見失わず、かつ襲撃者にも気取られない適切な距離を保つ必要があるのだが、元々暗殺者として活動していた若宮《わかみや》にとってはそれほど難しいことではなかった。

朝の出勤時、調布《ちょうふ》から町田《まちだ》への往路では何事も起こらなかった。だからといって若宮《わかみや》も鰐《わに》塚《づか》も、特に落胆はしなかった。二人とも、初日から進展があるなどとは考えていなかったからだ。

しかし彼らのそんな、玄人《くろうと》らしい非楽観主義は運良く裏切られることになる。

「クロコ、あの人の車に接近するグレーのミニバンを視認。ナンバーは——」

帰宅途中の達也《たつや》のセダンに、不自然に接近するステーションワゴンを発見した若宮《わかみや》はその車のナンバーと車種をモバイル通信で鰐塚《わにづか》に伝えた。

『……盗難車ですね。オーナーは群馬《ぐんま》の地回りですから、盗難はフェイクかもしれません』

「グルということか。ありそうだな」

鰐塚《わにづか》と通話しながらも、若宮《わかみや》は運転と観察から意識を逸《そ》らさない。ステーションワゴンは達《たつ》也《や》のセダンのすぐ後ろを走っている。他の車が間に入ろうとすると、加速して車間を詰める露骨な尾行だった。

腕は余り良くないな、と若宮《わかみや》はステーションワゴンの運転を見て思った。尾行の技術が未熟なのか、暗殺の仕事自体に不慣れなのか。彼が受けた印象では後者だ。達也《たつや》の暗殺に素人《しろうと》を差し向けてくる愚か者はいないだろうから、護衛態勢に探りを入れる為《ため》の捨て駒だろう。若宮《わかみや》はそう考えた。

彼の目的が達也《たつや》の護衛なら、襲撃者の技量が低いのは歓迎すべきことだ。だが若宮《わかみや》たちの現在の目的は、実行犯からその背後にいる者を洗い出すことだ。捨て駒では、捕らえて訊問《じんもん》しても黒幕のことは知らないだろう。

しかし目的に適していないからといって、何もせずにこのまま去るというわけにはいかない。

若宮《わかみや》はモチベーションが下がったまま義務的に尾行を続けた。

目減りしたやる気を回復させるのは難しかった。モチベーションが上がらない最大の理由は必要性の欠如だ。

――あの人の暗殺など成功するはずがない。

そう確信しているのは若宮《わかみや》だけではないだろう。幸い若宮《わかみや》自身は司波《しば》達也《たつや》の暗殺に挑んだことはない。だが実際に無謀な挑戦をして失敗した仲間の話を聞くまでもなく、直感で――いや、本能で分かった。

彼は――あれは、人の手に負える存在ではない。あれは、人を超越した何かだ。超人と呼べる人種が実在したとしても、あれは殺せない。超人では足りない。同じように人を超えた存在でなければ、あれを殺すのは無理だろう。

暗殺は確実に失敗するのだから護衛など無意味だ。反撃すら、本来は必要無い。「飛んで火に入る夏の虫」ではないが、手を出した者から死んでいく。愚か者はそうして、放っておいても事実上自滅していく。

若宮《わかみや》にも分かっていた。この絶対に成功しない無謀で無意味な暗殺の糸を引いている組織の殲滅《せんめつ》を自分たちが命じられているのは、「達也《たつや》さんを狙うなんて許せない！」という黒羽《くろば》文弥《ふみや》の私情によるところが大きい。子供のヒステリーに付き合わせられているようなものだ。

だが自分たちのチームのボスは、そのヒステリーを起こしている美少年。命令には従わなければならない。

有意義な仕事ばかりでないのは、裏稼業《かぎょう》に限らない。哀《かな》しいかな、高度に複雑化した組織ほど無意味な仕事が多いのだ。自分たちの仕事はシンプルな分、事務職のサラリーマンより無意味な仕事を強制される場面は少ないはずだ。――若宮《わかみや》はそう考えて自分を慰め、義務感で不満に蓋をした。


幸いに、と言って良いだろう。若宮《わかみや》は徒労感に、それほど長く耐える必要は無かった。

幹線道路を外れ車の数が減ったところで、不審車のステーションワゴンがいきなり加速した。四車線道路で隣の車線に割り込み達也《たつや》のセダンを追い越したところで、再び車線変更。ワゴンは乱暴に、セダンの鼻先に飛び込んで急ブレーキを掛けた。

しかし、まるでそれを読んでいたように達也《たつや》の車は隣の車線、たった今までワゴンが走っていたポジションに移動していた。交通管制システムがそのような危険運転を行うはずはない。カースタントじみたこの運転は達也《たつや》自身の操作によるものだ。

良《い》い腕だ、と若宮《わかみや》は思った。魔法だけでなくドライビングテクニックも一流とは、一体何時《いつ》、何処《どこ》で練習しているのだろうと疑問も覚えた。だがすぐに余計なことを考えている余裕は無くなった。急ブレーキを踏んだ不審車の横を、達也《たつや》が運転する自走車は軽々と追い抜いていく。

災難だったのはそのすぐ後ろを走っていた車のドライバーだった。

二度の乱暴な車線変更。その直後の急ブレーキ。

交通管制システムによる自動制動は玉突き事故を防止した。だが連鎖する急ブレーキが車の流れを止め渋滞を引き起こす。

その混乱の原因になったステーションワゴンは、慌ててターゲットを追い掛け始めた。だが置き去りにされていた時間は短くなく、急発進しても既に達也《たつや》の車は見えない。それに加えて、パトカーのサイレンが遠くで鳴り始める。

管制システムから通報があったのだろう。危険運転は事故にならなくても違反だ。最近交通法規が厳しくなったというわけではない。かつては事故が起きなければ、あるいは偶々《たまたま》その場に警官がいなければ検挙されなかったというだけだ。

捕まっても減点と罰金にしかならないが、マフィアの手先にとっては捕まること自体が問題だ。暗殺者は達也《たつや》の追跡を中止し、サイレンとは逆方向へ逃げ出した。

それを追う若宮《わかみや》。逃走に使う抜け道なら、小回りが利《き》くバイクが有利だ。行き当たりばったりとも思える無秩序な右折左折を繰り返すワゴン車を、静音性に優れた電動バイクは態《わざ》と近付いたり離れたりしながら付けていく。

達也《たつや》を襲うことすらできなかった暗殺者に対する「腕が悪い」という若宮《わかみや》の第一印象は、時間が経過するにつれてますます強くなった。

ワゴン車は何時《いつ》まで経《た》っても、尾行するバイクに気付く様子がない。結局暗殺者の車はアジトに逃げ込むまで、尾行をまこうとする素振りすら見せなかった。

アジトは多摩地域西部・多摩川中上流域の東岸にあった。外国人比率が高く、以前から売春を始めとする犯罪が恒常的に多発している地域だ。「木を隠すなら森の中」ではないが、首都近辺で外国人犯罪者、特に東洋系以外が身を隠すには適した場所だと言える。

「このまま乗り込もうと思うんだが、どう思う?」

ステーションワゴンが逃げ込んだアジトの様子を少し離れた所から観察しながら、若宮《わかみや》は回線越しに鰐塚《わにづか》の意見を訊《き》いた。

『良《い》いんじゃないでしょうか』

返ってきた声は、投《な》げ遣《や》りなものだった。電話の向こう側でも期待していないということが良く分かる答えだ。

「分かった。期待しないで待っていてくれ」

若宮《わかみや》はプロフェッショナルの口調で——つまり、仕事を選《え》り好《ごの》みするような素振りを窺《うかが》わせないフラットな態度で通話を終えて、アジトへ静かにバイクを進めた。

◇　◇　◇

若宮《わかみや》が有希《ゆき》の部屋に姿を見せたのは、すっかり暗くなってしまった後だった。部屋には同居人の奈穂《なお》だけでなく、鰐塚《わにづか》の姿もあった。

「どうだった？」

若宮《わかみや》の姿を見るなり、有希《ゆき》が首尾を訊《たず》ねる。

「予想どおり外れだ」

勝手知ったる態度で若宮《わかみや》がダイニングチェアに腰を下ろした。有希《ゆき》が文弥《ふみや》に宛がわれたこの部屋は、チームのミーティングルームを兼ねている。

「訊問《じんもん》はしたんだろう？」

「――意味は無かったがな」

有希《ゆき》が訊《たず》ねる横から、奈穂《なお》が若宮《わかみや》の前に麦茶のグラスを置いた。若宮《わかみや》は片手を上げることで謝意を示し、出された麦茶を飲み干してから有希《ゆき》の質問に答えた。

「今日あの人を襲おうとした連中は東北を地盤にする広域暴力団の末端組織に属する、簡単にいえばチンピラだ。組では一番のヒットマンとか言っていたが……。まあ、半グレの学生に毛が生えた程度だった」

「雑魚《ざこ》かよ。あの人が何者かも知らされていなかったんじゃねえか？」

「知らなかったようだぞ。車種とナンバーだけ伝えて襲わせたようだ。ついでに、チンピラの車には爆弾がセットされていた」

「自爆攻撃かよ……」

「ヒットマンとか格好を付けても、所詮は鉄砲玉ということだろうな」

若宮《わかみや》が「やれやれ」と言いたげに首を振った。

「じゃあ、何も分からなかったんですか？」

洗い物をしていた奈穂《なお》が、ダイニングに戻ってきて若宮《わかみや》と鰐塚《わにづか》に訊《たず》ねた。

「黒幕の正体については何も分からなかった」

「他のことなら何か分かったんですか？」

自分の質問とのちょっとしたニュアンスの違いに奈穂《なお》が小首を傾《かし》げる。

「どうやら敵は人集めが上手《うま》くいっていないようだ」

「殺し屋が……ええと、『鉄砲玉』の人数が確保できないということでしょうか」

「今回のお粗末な一件、組長がいったんは断った仕事を上が無理矢理受けさせたらしい」

若宮《わかみや》の答えに奈穂《なお》は軽い驚きを見せた。

「ヤクザが仕事を断るなんてできるんですか⁉」

「そりゃ、できるだろ。あいつらだって命は惜しい」

呆《あき》れ声で有希《ゆき》が口を挿《はさ》む。

「あの人が四葉《よつば》家《け》の一族だということは知れ渡っていますからね……。裏社会の事情に少しでも通じていれば『アンタッチャブル』の暗殺なんて自殺に等しい仕事は受けないでしょう」

有希《ゆき》のセリフに続く鰐塚《わにづか》の丁寧な説明で奈穂《なお》は納得した。ただ意外感が表情の端々から窺《うかが》われる。

奈穂《なお》は有希《ゆき》や鰐塚《わにづか》と違い、四葉家《よつばけ》の中で育てられた人間だ。奈穂《なお》が四葉家《よつばけ》の外で仕事を始めて今年で三年になるが、「触れてはならない者たち《アンタッチャブル》」と畏怖される四葉《よつば》一族が外部でどれほど恐れられているのか、まだ実感を持てないのかもしれない。

「だったらすぐ弾切れになりそうだな」

気楽な口調で有希《ゆき》が言う。彼女が言う「弾切れ」は暗殺要員が手配できなくなることだ。つまりこの一件は早々に立ち消えると有希《ゆき》は考えたのだった。

奈穂《なお》も同感だったようで、すぐに「そうですね」と相槌《あいづち》を打った。だが男性陣は女性陣のように楽観的には考えなかった。

「ナッツ、ヤクザが弾切れになることはないぞ。残念ながら補充は幾らでも利《き》く。社会に不満を持つ者を無くすのは、貧困を根絶することよりも難しい」

「それに、仕事を受けるヤクザの組が無くなってからが本番ですよ」

若宮《わかみや》の警句的なセリフは半笑いで聞き流した有希《ゆき》だったが、続く鰐塚《わにづか》のセリフには笑っていられなかった。

「……マフィア直属の殺し屋が出てくるのか？」

「地回りの手に負える案件じゃ無いってことは黒幕も分かっているでしょうから」

「地回りは護衛態勢を探る為《ため》の捨て駒か」

「そうでしょうね」

吐き捨てるような有希《ゆき》のセリフに、鰐塚《わにづか》は平然と頷《うなず》いた。

◇◇◇

上京して二週間。亜夜子《あやこ》が東京に来たのは、言うまでもなくこれが初めてではない。だが暮らすのは初めてだ。生活と観光、生活と出張はやはり勝手が違って、初めの内は小さな戸惑いが頻繁にあった。だが同じ日本の、何度も訪れたことがある都会。十日も経《た》てば大体の感じは摑《つか》める。後は細かい土地勘だけだ。

二〇九九年三月最後の日曜日。足りない土地勘を補う為《ため》に——ばかりが理由ではないが、亜《あ》夜子《やこ》は一人で都心に繰り出していた。

文弥《ふみや》は達也《たつや》の暗殺を目論《もくろ》む暗殺者の背後組織の洗い出しに夢中で、入学式の準備もそっちのけだ。亜夜子《あやこ》としては、文弥《ふみや》が自分の準備に無頓着でいてくれる方が何かと自分の思いどおりにできて都合が良《い》いので、今の弟の状態に不平を唱えるつもりはなかった。

——例えば、入学式に着ていく文弥の服とか。

それに、完全に一人というわけではない。黒羽家《くろばけ》の護衛がいる。あの目立つ黒服ではなく日曜日の都会に違和感が無い格好で雑踏に溶け込んで、即《つ》かず離れず、他人を装《よそお》って亜夜子《あやこ》の後を付いてきている。

護衛は女性で、ついでに言うと亜夜子《あやこ》個人の腹心だ。単独行動をする時は専属のお世話係のような仕事も任せている。亜夜子《あやこ》としてはこっそり付いてくるのではなく隣を歩いても構わないのだが、伴野涼《とものすず》という名のその女性は拘《こだわ》りがあるのか「陰からお護《まも》りする」というスタンスを崩さなかった。

そんなわけで亜夜子《あやこ》は、一人で伸び伸びと街歩きを堪能《たんのう》していた。

深雪《みゆき》やリーナと一緒だとどうしてもそちらへ視線を持って行かれがちだが、亜夜子《あやこ》も滅多にお目に掛かれない美少女、いや、美女だ。色気ではむしろ、深雪《みゆき》やリーナに勝っているかもしれない。

そんなうら若き美女が一人で都会の雑踏を歩いているのだ。ナンパ目的の若者に目を付けられないはずがない。当然と言うべきか、亜夜子《あやこ》も度々ナンパされそうになった。しかし彼女はそういう視線を感じた都度、機先を制して自分の気配を消して回避した。

そんな風に亜夜子《あやこ》は、自由な休日を堪能《たんのう》していた。足を向けたエリアは、若い女性が日曜日を過ごすのに余り適当とは言えないかもしれないが、それも彼女流の「自由」と言えるだろう。

日曜日に営業している店が少ない官庁街で偶然発見したお洒落《しゃれ》なレストランで食事を済ませ、何となく得をした気分で再び通りに繰り出した亜夜子《あやこ》は、心の中で「あらっ？」と呟《つぶや》いた。

（あれは……何故《なぜ》？）

彼女の目はしばらく会っていない、ここにいるはずがない人物を認めていた。

(見間違い……じゃないわよね。どうしよう?)

声を掛けるか、それともこのまま見送るか。その相手は以前お世話になった、と言えないこともない人物だが親しい知人というわけではない。最後に会ったのは二年前で、それも一時間足らずのことだ。そんな縁の薄い相手が亜夜子《あやこ》の記憶に残っているのは、彼が彼女にとって初めての単独任務で深く関わった人物だからだ。

第二高校がある旧兵庫県《ひょうごけん》西宮市《にしのみやし》で起きた、上流階級の子女をターゲットにしたマインドコントロール事件。泊まり込みのマナースクールを舞台に、参加者を洗脳して工作員に仕立て上げる無国籍犯罪組織の陰謀。亜夜子《あやこ》は生徒としてスクールに潜入し、その事件を調査した。

この地域は十師族・二木家《ふたつぎけ》のテリトリーだが、黒羽家《くろばけ》の——四葉家《よつばけ》の狙いは洗脳工作の阻止そのものではなく犯罪組織の真の背後関係の解明にあった。

亜夜子《あやこ》にとっては、心温まる記憶ではない。実質的に初任務ということで周囲の大人たちは甘く評価してくれたが、自分的には色々と稚拙だった。今の自分からすれば信じられないようなミスもやらかした。

その、当時の未熟すぎた自分を何かとフォローしてくれたのが、当時二高の二年生だった「彼」だ。正義感が強い彼は、自分には無関係であるにも拘《かか》わらず、土地勘が無く地元の中高校生コミュニティの勝手も分からない亜夜子《あやこ》に無償の善意で力を貸してくれた。その時の彼は、将来は警察官になりたい、と言っていた。その夢が叶《かな》ったのを亜夜子《あやこ》は既に知っている。

　二年前に彼と会ったのは、パラサイトの密入国者について情報を得る為《ため》だった。関西国際空港でスターズのジェイコブ・レグルスと「七賢人」のレイモンド・クラーク、二人のパラサイトの密入国を発見したのが彼だったのだ。彼は当時、関西国際空港の警備に派遣された神戸《こうべ》水上警察の巡査だった。

　亜夜子《あやこ》が首を捻《ひね》ったのは、近畿地方警察に勤務しているはずの彼が何故《なぜ》桜田門界隈《かいわい》にいるのかという点だ。桜田門というと警視庁が連想されるが、警察省もその隣にある。

　警視庁に用があるなら、単なる出張か、短期の応援だろう。だが警察省なら、長期の出向という可能性もある。

「涼《すず》、聞こえているかしら？」

　亜夜子《あやこ》が護衛の名を呼ぶ。

「はい、お嬢様」

　声はすれども姿は見えず、を地でいく返事が戻ってくる。この怪しさは何時《いつ》ものことなので、亜夜子《あやこ》は気にしなかった。

「あそこを歩いている、空澤兆佐《からさわときすけ》という名の警察官について調べてちょうだい。二年前は神戸《こうべ》水上警察の巡査だったわ」

「お嬢様、逆ナンですか？」

「逆ナンって、貴女《あなた》ね……。程々にしないと、護衛を首にするわよ」

何時ものの、涼《すず》の戯《ざ》れ言《ごと》を、亜夜子《あやこ》はうんざりした口調でたしなめる。

「すぐにお調べ致します」

途端に生真面目な声が返ってきた。そして涼《すず》の気配が遠ざかり、別の護衛の気配に変わる。

早くも亜夜子《あやこ》の命令に取り掛かったのだろう。

ああやってすぐに人をからかおうとするところさえなければ……、と亜夜子《あやこ》は心の中でため息を吐《つ》いた。

【4】入学式の日

四月四日、土曜日。今日は二〇九九年度の魔法大学入学式の日だ。開式の時間まで、まだ三十分以上あるが、先程からスーツ姿の新入生と付き添いの父母家族が続々と大学の門を潜《くぐ》っていた。

ただ昔のように、ダークスーツ姿の新入生ばかりではない。さすがにポロシャツやジーンズで来ている新入生はいないが、明るい色のスーツや上下揃い《セットアップ》ではなく上衣《トップス》と下衣《ボトムス》で異なる色合い・柄を組み合わせたブレザー姿も見られる。

女子新入生の場合はワンピース姿も少なくない。それもフォーマルな色、柄、デザインだけでなく、場違いにならない程度に華やかな物で着飾っているお洒落《しゃれ》な女子も、決して異端ではなかった。

では黒羽《くろば》家《け》の双子はと言えば、二人とも伝統的なダークスーツ姿でこそなかったものの、決して奇抜な服装でもなかった。

亜夜子《あやこ》のファッションはシックな黒のワンピースに、微妙に色合いが異なるボレロの組み合わせ。つい先日、巻き髪ロングからミディアムレイヤーに変えたヘアスタイルとそれに合わせて少しだけ手数を増やしたメイクも相俟《あいま》って、グッと大人っぽい印象だ。元々年齢以上の色香を纏《まと》う少女だったが、今の亜夜子《あやこ》は妖艶《ようえん》という言葉すら似合っている。

だからといって彼女は、入学式に相応《ふさわ》しくない厚化粧をしているわけではない。服装もアクセサリーもTPOを弁《わきま》えた物だった。

その意味ではむしろ文弥《ふみや》の格好の方が、奇抜と言えるかもしれない。明るいベージュのスーツに同系統色の革靴。ストライプのシャツに臙脂《えんじ》色のクロスタイ。タイを留《と》めるスティックピンのヘッドには大きめの黒曜石《オブシディアン》があしらわれている。男子学生にしてはかなり華やかなコーディネートだ。むしろレディースのスーツに多い組み合わせかもしれない。

さらに文弥《ふみや》は、かなりしっかりとメイクしている。前世紀とは違って化粧する男性は珍しくなったが、女性のメイクとはやはり丁寧さが違う。

では、文弥《ふみや》のメイクはというと。

ジェンダーレス……よりも、さらに女性寄りのものだった。それでも女装しているように見えないのは文弥《ふみや》のバランス感覚と、メイクに対する慣れが上手《うま》く機能した結果か。

文弥《ふみや》は中学生の頃から『ヤミ』という少女に変装して黒羽家《くろばけ》の仕事に携わっていた。美少年とはいえ彼は歴《れっき》とした男だ。中性的な容貌ではあっても女顔ではないし、小柄であっても身体《からだ》はしっかり鍛えられている。その彼が、正体を隠す為《ため》に少女を演じなければならなかった。それ故、女性らしさを演出する化粧技術に、生来の女性よりも巧みになる必要があった。

この、文弥《ふみや》が任務で培《つちか》った変装技術は「どうすれば男の自分を女に見せられるのか」を彼に体得させると同時に、その逆の「何処《どこ》までなら女に見られないか」も理解させていた。

言うまでもなく、文弥《ふみや》は男子学生として魔法大学に入学している。だから外見で男性として認められる必要がある。その一方で、美少年のままでは魔法大学で目立ちすぎるという懸念《けねん》を無視できない。今の「一見女性だが、良く見れば男性と分かる」服装とメイクは、この二つの課題を同時に解決する為《ため》のものだった。

ただ周りの新入生たちはそんなことを知らない。特に男子には、今の文弥《ふみや》は中性的な格好の美女学生にしか見えていなかった。

「予想どおり、熱い視線を集めているわね」

フフッ、と笑いながら文弥《ふみや》の耳元で亜夜子《あやこ》が囁《ささや》く。

「姉さんの方が見られていると思うよ」

素っ気なく応える文弥《ふみや》に、亜夜子《あやこ》は楽しげな笑みを浮かべたまま「当然よ」と返した。

「私たちって、どう思われているのかしら？　仲が良い《い》女友達？　それとも美人姉妹かな」

「……姉さんは確かに美人だけど」

「自分で言う？」という言葉は、文弥《ふみや》は口にしなかった。

「文弥《ふみや》だって美女学生に見えるわよ。……でも案外、気付かれないものね」

魔法大学の新入生は、ほぼ百パーセントが一高から九高の、付属高校の卒業生。去年の九校戦で活躍した文弥《ふみや》たちの顔を知っている者は多いはずだ。だが今のところ、文弥《ふみや》に向けられる視線は「あの美女は誰（だ）？」というものばかりだった。

「姉さんのことは分かっているみたいだけどね」

集音の魔法を使っているわけではないが、自分に関わりのある噂話《うわさばなし》はざわめきの中でも案外聞こえるものだ。心理学でカクテルパーティー効果と呼ばれる現象である。

「とにかく実験は成功と言えそうね。貴男《あなた》の素顔を間違いなく知っているはずの男《ひと》たちまで見とれちゃっているんだから」

去年の九校戦で文弥《ふみや》と対戦した男子新入生の熱っぽい顔を横目で見ながら、亜夜子《あやこ》は満足げに小さく頷《うなず》いた。

◇　◇　◇

入学式が終わって講堂を出ると、空気が張り詰めていた。普通逆のような気がするが、式の最中の講堂の中よりも緊張感があった。

表情が硬くなっているのは学生本人よりも付き添いの大人たちの方だ。彼らは一様に「見ない振りをして目を離せない」という状態だった。

その張り詰めた空気の焦点で、達也《たつや》が文弥《ふみや》たちに向かい手を上げて歩み寄り始める。

しかしその時には既に、二人は達也《たつや》に向かって走り出していた。

「亜夜子《あやこ》、文弥《ふみや》。改めて、入学おめでとう」

駆け寄ってきた姉弟に、達也《たつや》が祝辞を贈る。

「ありがとうございます！」「ありがとうございます」

声を弾ませる文弥《ふみや》。落ち着いた仕草で会釈《えしゃく》する亜夜子《あやこ》。

「達也《たつや》さん、お一人ですか？」

続けて、亜夜子《あやこ》は訝《いぶか》しげにこう訊《たず》ねた。

「深雪《みゆき》とリーナは混乱が起きないように、駐車場の車の中で待たせている」

「ああ、なる程……」

亜夜子《あやこ》は深く納得した。魔法関係者が大勢集まっているこのような場にあの二人が素顔で登場したら、達也《たつや》とは別種の、より大きな混乱を引き起こすに違いない。

達也《たつや》の影響力はその他大勢の意識を引き付け、物理的に遠ざける。魔法に関わる者ならば誰もが彼を意識せずにはいられないが、明確な目的意識がない限り畏怖が足を遠ざける。しかし深雪《みゆき》とリーナの場合は、意識と肉体に強力な引力を作用させる。さながら巨大な恒星のように。どちらか一人でもそうなのだ。二人揃《そろ》えば、慣れない者は魅力という名の熱量に焼かれてしまう。あるいは美という名の重力によって、ロッシュ限界に引き込まれた天体のように壊れてしまわないとも限らない。

入学式に自走車で来校することを、魔法大学は原則として認めていない。だが深雪《みゆき》とリーナが車で待っているという言葉に、亜夜子《あやこ》も文弥《ふみや》も疑問を覚えなかった。

駐車場の使用を大学が認めたのは、紛れもなく特別扱いだ。だがそれは十師族・四葉家《よつばけ》に対する特別扱いと言うよりも、混乱を避ける為《ため》の予防措置という性質の方が強いのは説明されるまでもなかった。

「付いてきてくれ」と言う達也《たつや》に、姉弟は素直に躊躇《ためら》いなく「はい」と応じた。二人は家族が入学式に来ていないことを知っていた。黒羽家《くろばけ》は四葉《よつば》一族の諜報《ちょうほう》部門。人目が多い場所を好まない。姿を見られたくらいで正体がバレてしまうとは思っていない。そこまで自信が欠如している臆病者は、黒羽家《くろばけ》にはいない。だが陰に潜み闇に生きる者の習いで、避けられるリスクは徹底して避けるのが黒羽《くろば》の流儀だ。少なくとも二人の父、黒羽貢《くろばみつぐ》はその方針に忠実だった。

達也《たつや》は表に出てこない姉弟の家族に代わって、二人の為《ため》に入学祝いの席を設けた。そのレストランがあるホテルまで、自分の運転で連れて行こうとしているのだった。

自然に割れた人垣を抜けて、達也《たつや》、亜夜子《あやこ》、文弥《ふみや》の三人は魔法大学の駐車場へ向かう。その途中、文弥《ふみや》が自然な動作で達也《たつや》の耳元に顔を寄せた。

「達也《たつや》さん、お気付きですか。不届き者が現れたようです」

「三組だな」

達也《たつや》は自分を狙うグループの数を答えることで、文弥《ふみや》の問い掛けに頷《うなず》いた。

その数は、文弥《ふみや》が感知した視線と一致する。自分が間違っていなかったことに、文弥《ふみや》は心の中で小さく安堵《あんど》した。

「一組は公安、一組は陸軍情報部。彼らは良く見掛ける連中だ。もう一組は……外国の諜報《ちょうほう》員か。南欧系のようだが、見覚えがないやつらだな」

だが達也《たつや》の次のセリフを聞いて、弛緩していた文弥《ふみや》の意識に緊張が走った。達也《たつや》を標的とした暗殺者を送り込んでいる組織はイタリアと新ソ連の犯罪組織の連合体だと分かっている。

「南欧系というと、イタリア人ですか？」

「そうかもしれない」

達也《たつや》がエレメンタル・サイトを使えば正体はすぐに分かる。だが文弥《ふみや》はそれを求めなかった。この程度のことで達也《たつや》に手間を取らせるなど、文弥《ふみや》的にはあり得ないことだった。

「捕《と》らえさせます」

「実害は無いのだから止めておけ。それに、公安や情報部も分かった上で泳がせているんだろう。彼らを無用に刺激する必要は無い」

達也《たつや》の口調はそれほど強いものではなかった。

だが達也《たつや》に叱られたと感じて文弥《ふみや》が小さくないショックを受けていることは、双子の姉である亜夜子《あやこ》には明らかだった。

◇◇◇

深雪《みゆき》とリーナを加えた食事の席では、文弥《ふみや》は朗らかで愛想《あいそ》が良かった。リーナを相手に軽口を応酬するなど、一見リラックスしているようだった。

だがマンションに戻って入浴を済ませメイクを落とした文弥《ふみや》の表情は暗かった。

「文弥《ふみや》、気にしすぎるのは良くないと思うわよ」

逆効果になるかもしれないと思いつつ、亜夜子《あやこ》は言わずにいられなかった。弟の気持ちが分かるからだ。達也《たつや》が文弥《ふみや》に告げた「警戒しすぎると相手を無用に刺激する」という戒めは、亜《あ》夜子《やこ》の心にも刺さっていた。

監視されていることに気付いても、それを監視者側に覚《さと》られるのは下手のすることだ。相手を逃がすか、相手の態度を硬化させるか、どちらにしても益は無い。だが、教訓は教訓としてしっかり受け止めた上で、それを引きずらないよう心掛けるべきだと亜夜子《あやこ》は思っていた。

「いや、気にしなければならないことだ」

しかし文弥《ふみや》の考えは違ったようだ。一つ意外だったのは、文弥《ふみや》に落ち込んでいる様子が見られなかったことだ。彼の声からは強い意志が伝わってきた。

「姉さんはどうだか知らないけど、僕はどうやら東京に来て浮かれていたみたいだ」

「……何故《なぜ》そう思うの？」

「達也《たつや》さんから受けたあの指摘は、言われるまでもなく分かっていたはずのことだった。実際、上京前の僕ならあの状況でこちらを見ているだけの、正体も分からない相手を捕まえようなんて言わなかったと思う」

文弥《ふみや》は反省の弁にしては自信が滲《にじ》む口調で自分の言動を振り返った。いや、と亜夜子《あやこ》は思い直す。これは自信があると言うより開き直り——吹っ切れているように感じられた。

「分業しよう。大学生活は姉さんに任せるよ」

「えっ、どういうこと？」

文弥《ふみや》の提案は、亜夜子《あやこ》にとって大層唐突なものだった。

「ヒューミントを考えると、大学の人脈は無視できないと思うんだ」

「え、ええ。そうね」

ヒューミントとは人を介した諜報《ちょうほう》活動のこと。訊問《じんもん》やハニートラップなどのアクティブな諜報《ちょうほう》だけでなく、友人知人を介した噂話《うわさばなし》の収集のようなパッシブな活動も、何が何処《どこ》で役に立つか事前には分からない。魔法師社会の情報を収集するなら、魔法師の人脈は多い方が良《い》いに決まっている。

「男でなければアクセスできないネットワークもあるだろうから大学を完全に無視はできないけど、それ以外は裏方に専念しようと思う」

ここで文弥《ふみや》が言っている「裏方」は大道具や小道具などの舞台の裏側で働くスタッフのことではない。表に立たず、陰で実質的に物事を進める実権者のことでもない。

裏側で働く方——つまり、裏社会の活動を担当するという意味だ。

「……それは得策ではないと思うわ」

強い口調ではなかったが、亜夜子《あやこ》は文弥《ふみや》の提案に疑問を呈した。

「姉さんの言いたいことは分かるよ」

文弥《ふみや》は亜夜子《あやこ》の反論を最後まで言わせなかった。

「隠密《おんみつ》行動には姉さんの魔法の方が向いているのは、僕だって理解している」

姉の反論は、文弥《ふみや》の想定内だった。

「直接動く時は、もちろん姉さんにも頼らせてもらうよ」

「つまり……部下を動かす段階は貴男《あなた》が担当したいということね？」

「専念したいんだ。黒羽家《くろばけ》の役目に。そして自分をもっと、研ぎ澄ませたい」

文弥《ふみや》が亜夜子《あやこ》の瞳を正面から見詰める。彼の瞳には、生半可でない決意が宿っていた。

先に視線を逸《そ》らしたのは亜夜子《あやこ》。彼女は目を伏せると、小さくため息を吐《つ》いた。

「……分かりました。ただし、条件があります」

いきなり口調を改めた亜夜子《あやこ》に、文弥《ふみや》は警戒感を浮かべた表情で身構えた。

「——どんな条件？」

そして弟は姉に、条件を問う。

「大学にはきちんと通うこと。私たちにはまだまだ学ぶことがたくさんあるし、それに……」

「……それに？」

「貴男《あなた》が大学に来なくなったら、達也《たつや》さんが心配するでしょ」

意表を突かれたという顔で、文弥《ふみや》の表情が固まった。

「それは……駄目だね」

「ええ、駄目ね」

「分かったよ。大学にはちゃんと通うことにする」

文弥《ふみや》はあっさり白旗を揚げた。

亜夜子《あやこ》は当然という顔で、ニコリともしなかった。

◇◇◇

有希《ゆき》、若宮《わかみや》、鰐塚《わにづか》、奈穂《なお》の四人組は今日も有希《ゆき》のマンションに集まっていた。ちなみにこの四人組のリーダーは有希《ゆき》だ。彼女は当然嫌がったのだが「文弥《ふみや》と一番仲が良《い》いから」という理由で他の三人に押し付けられたのだ。それに伴い彼女たち四人は「チーム・ナッツ」と呼ばれるようになっている。

ただチームを組んでいると言っても、頻繁に集まるわけではない。仕事の打ち合わせも回線越しで、顔を合わせるのは仕事現場というパターンの方が多い。今回の仕事は例外だった。

有希《ゆき》、若宮《わかみや》、鰐塚《わにづか》の三人がダイニングテーブルを囲み、奈穂《なお》が彼らにお茶を出す。奈穂《なお》が腰を下ろすのを待って、有希《ゆき》が口を開いた。

「それで、どうだった?」

「魔法大学は、やはり無視すべきですね」

その問い掛けに鰐塚《わにづか》は、興奮も落胆も無い平板な口調で答えた。

「周りを公安がウロチョロしていた。構内に入らなくても、近付いただけで面倒なことになりそうだ」

そう続けた若宮《わかみや》は、げんなりした顔をしている。

有希《ゆき》はそんな若宮《わかみや》に同情の目、ではなく勝ち誇るような目を向けた。これには昨晩、「入学式には大勢の部外者が来るから、その中に刺客が紛れ込んでいるかもしれない」と主張した若宮《わかみや》に、有希《ゆき》が「来るわけねーだろ」と反論したという背景がある。

有希《ゆき》にも確証があったわけではない。ただ魔法大学の入学式のように魔法師が大勢いる中で暗殺に踏み切る同業者などいないという確信があった。

自分も魔法師である若宮《わかみや》には、有希《ゆき》が懐《いだ》く魔法師に対する忌避感が良く分からなかったようだ。彼女の主張に耳を傾けながらも、方針を変えようとしなかった。

「対応すべき状況を絞り込めたのは、良かったんじゃないでしょうか」

奈穂《なお》が口にした、本気とも慰めとも取れるセリフで、話題は明日以降の段取りに変わった。

◇　◇　◇

近畿地方警察からの出向で警察省広域捜査チームに着任した空澤《からさわ》巡査部長は、外国人組織犯罪捜査班に配属された。出向前に携わっていたテロ対策と外国人組織犯罪捜査には共通点もあるが、異なる点も多い。

今はまだ、言われるがままにあたふたしている状態だ。既に日没は過ぎている時間だが、空澤《からさわ》はようやく捜査班の刑事部屋に戻ってきたところだった。

管内で発生した事件に対処する自治体警察とは違い、広域捜査チームは自分たちで捜査対象を選ぶ裁量を与えられている。空澤《からさわ》が配属された捜査班は、このところ密入国が急激に増加しているロシアンマフィアの動向を調べていた。

今日は先輩の刑事のお供で所轄の警察署巡りだった。各地の捜査情報は警察省のサーバーに吸い上げられ、広域捜査チームはそれを閲覧できる。ただデータだけでは読み取れないこともあるので、めぼしい情報を見付けたら担当の警察官のところへ話を聞きに行く。当然相手には煙たがられるが、そこを上手《うま》く協力させるのが警察省実動部隊に必要なスキルだ。

キャリア警察官僚が地位に物を言わせて従わせるのではない。空澤《からさわ》がお供をしている先輩刑事も階級は警部補。同等の階級の、ライバル関係にある自治体警察の刑事から協力を引き出すのは容易なことではなかった。

空澤《からさわ》は武闘派だ。高い戦闘力と機動力が彼の持ち味であり、話術は元々得意ではない。例外は整った外見を活《い》かした、中年女性相手の聞き込みくらいだ。

彼は現代魔法師にありがちな、何処《どこ》か人工的な印象があるハンサムではなく、男の危険な色気を感じさせる二枚目だ。百年以上前に流行《はや》った時代劇俳優を思わせる雰囲気がある。それも侍役の正統派二枚目俳優ではなくヤクザや遊び人、岡っ引きを題材にしたドラマに主演するようなタイプだった。今風ではないので若い女性には受けない。現に二高では全くモテなかった。それとは対照的に、火遊びに憧れる既婚者には昔から受けが良《い》い。

それは今のところ、彼にとって武器と言うより悩みの種だった。聞き込み中に、不倫に誘われることが結構あるのだ。自宅訪問のケースだけでなく、相手の職場で聞き込みを行っている最中に色目を使われたこともあった。

今回はその特性の出番も無かった。訪問した所轄署には女性刑事もいたが、さすがに彼女たちは有閑マダムのような真似《まね》はしなかった。ほとんど役立たずだったことに軽く落ち込みながら、空澤《からさわ》は班長に提出する報告書に取り掛かった。

◇　◇　◇

亜夜子《あやこ》と文弥《ふみや》は仕事で大勢の部下を使っている。だが家事使用人は付けていない。高校生時代から、食事の支度を始めとして、身の回りのことは自分たちでやっている。今夜も二人は協働で三人分の食事を準備した。

まるでタイミングを計ったかのように、ドアホンのチャイムが鳴る。

モニターに映っていたのは、姉弟の父親の黒羽《くろば》貢《みつぐ》だった。

貢《みつぐ》は入学式には来なかったが、亜夜子《あやこ》たちのことをネグレクトしているわけではない。むしろ親馬鹿に近いレベルで可愛《かわい》がっている。二人の方でも貢《みつぐ》には愛情と尊敬を持って接している。黒羽《くろば》家《け》の親子関係が良好でなくなるのは、達也《たつや》が絡《から》んだ時だけだった。

お互いにそれが分かっているから、文弥《ふみや》も亜夜子《あやこ》も貢《みつぐ》も、二年前の秋から——達也《たつや》が現代の魔王となったあの夏の後から、達也《たつや》の話題を出さないようにしていた。

しかし残念ながら、今晩はそうもいかなかった。入学式の後、食事に招待されたことを話さないわけにはいかなかったし、その途中で気付いた当局の監視については黒羽《くろば》家《け》当主としての貢《みつぐ》に報告しておく必要があった。

「——当局の動きはこちらでも確認しておく。達也《たつや》君が言うように、文弥《ふみや》たちは手出しをしないように」

　貢《みつぐ》は海千山千の魔法諜報員《ちょうほういん》だけあって、達也《たつや》の名を口にする時に感情の揺らぎを見せたりはしなかった。

「分かりました、父さん」

　文弥《ふみや》も無意味な反抗など、素振りも見せなかった。

「お父様、達也《たつや》さんを付け狙っている連中への対処は、このまま続けてもよろしいでしょうか」

　文弥《ふみや》に代わって亜夜子《あやこ》が、今後の方針について許可を求める。

「その件はお前たちに任せる。東京の人員は自由に使いなさい」

　予想に反して、貢《みつぐ》は無条件で達也《たつや》を暗殺しようとしている勢力への反撃を認めた。亜夜子《あやこ》は何か条件を付けられると考えていたのだが、貢《みつぐ》は姉弟に行動の自由を認めるだけでなく、部下の使用についてもフリーハンドを与えた。

　四葉《よつば》一族を害そうとする者には破滅を以《もっ》て報いる。それが三十年以上前からの、一族の基本方針だ。標的が達也《たつや》だからといって例外にすることは、貢《みつぐ》にもできなかった。西暦二〇六二年に四葉家《よつばけ》を襲った悲劇は、それほど深い爪痕を一族に残していたのである。

　ただ自分で対処すると言わないところに、貢《みつぐ》が達也《たつや》に対して抱える屈折した心情が垣間見《かいまみ》えた。

【5】警察官と暗殺者

入学式の翌日は日曜日だ。魔法大学にも新入生向けのオリエンテーションがあり、それは明日に予定されている。履修科目を選んだり必要な教材を揃《そろ》えたりするのはその後。細々とした準備が何かと必要だった入学式も昨日で終わり、亜夜子《あやこ》と文弥《ふみや》にとっては上京してから最も自由な、何も予定が無い一日だった。

朝食後、自室で「今日は何をしようか」とのんびり考えていた亜夜子《あやこ》は、ノックの音を聞いて立ち上がった。

「文弥《ふみや》？」

この部屋は文弥《ふみや》との二人暮らしだが、黒羽《くろば》の家人《けにん》が用事を伝えに来たという可能性もある。念《ねん》の為《ため》確認した亜夜子《あやこ》の言葉に、予想どおりの人物の声で予想外の応えが返ってきた。

「姉さん、出掛けるよ」

「構わないけど、急にどうしたの？」

そう言いながら、亜夜子《あやこ》は扉を開ける。

文弥《ふみや》はすっかり外出用に身支度を調えていた。

「達也《たつや》さんが深雪《みゆき》さんと出掛けるって」

「あら、達也《たつや》さんも珍しくお休みなのかしら」

　発言どおり珍しいと思いながら、それがおかしなこととは亜夜子《あやこ》は思わなかった。達也《たつや》は今月の誕生日で二十歳、深雪《みゆき》は先日の誕生日で十九歳になったばかり。二人とも若い盛りだ。休みの日に出掛けるのは不自然でも何でもない。

「それに付いていくんだよ」

　亜夜子《あやこ》の呑気《のんき》な態度に、文弥《ふみや》は苛立《いらだ》ちを見せなかった。ただ事務的にこれからの行動方針を伝えた。

「文弥《ふみや》、本気？」

　むしろ感情的な反応を見せたのは亜夜子《あやこ》の方だった。

「婚約しているお二人のデートに割り込むなんて……。たとえ馬に蹴られなくても、遠慮すべきじゃないかしら」

　亜夜子《あやこ》は呆《あき》れ顔《がお》で、文弥《ふみや》に蔑みの目を向けた。

「デートに付いていくなんて言ってないだろ！」

　特殊性癖の男性にはご褒美《ほうび》になりそうな視線だったが、そんな趣味を持たない文弥《ふみや》は声を荒げて言い返した。

「達也《たつや》さんの暗殺を企《たくら》む連中が出てこないか、見張るだけだ！　達也《たつや》さんの了解は取ってる」

「のぞき？　余計に趣味が悪いと思うけど」

　亜夜子《あやこ》が態《わざ》とらしく目を丸くする。

「仕事《し・ご・と》・だ・よ」

文弥《ふみや》はムスッとした顔で一音一音区切りながら反論した。

「冗談よ」

「冗談にしても質《たち》が悪いよ」

文弥《ふみや》から向けられる非難の視線。亜夜子《あやこ》はそれを、スルーした。

「達也《たつや》さんはご自分を囮《おとり》にするおつもりかしら」

「まさか。達也《たつや》さんお一人ならともかく、深雪《みゆき》さんが一緒なのに」

「そうよねぇ……」

その点は亜夜子《あやこ》も同感だった。

彼女は視線で「じゃあ、どういう経緯？」と弟に問い掛けた。

「兵庫《ひょうご》さんが教えてくれたんだよ」

亜夜子《あやこ》から数々の暴言（？）を浴びせられた直後であるにも拘《かか》わらず、文弥《ふみや》は回答を渋らなかった。

「達也《たつや》さんたちは兵庫《ひょうご》さんの運転でお花見に行くそうなんだ。二人の邪魔をされたくないから、怪しい連中を片付けて欲しいって」

「達也《たつや》さんは了承されているのね？」

亜夜子《あやこ》が念を入れて確認する質問に、文弥《ふみや》は「疑われるのは心外」という表情で頷《うなず》いた。

「……でも、お花見の時期はもう過ぎているんじゃない？」

文弥《ふみや》の答えに納得した亜夜子《あやこ》が、別の点で首を傾《かし》げる。

「染井吉野《そめいよしの》が満開の時期だと、達也《たつや》さんたちが素顔で桜を楽しむのは難しいからじゃない？」

「それもそうね」

文弥《ふみや》の意見は亜夜子《あやこ》が納得できるものだった。

「それに、染井吉野《そめいよしの》に拘る《こだわ》必要も無いか」

また彼女は、花見＝染井吉野《そめいよしの》という固定観念に囚《とら》われていたと、自らを省みることもできていた。

「それで、達也《たつや》さんたちはどちらに行かれるの？　遠出になるのかしら」

「いや、すぐ近くだよ。市内の植物公園」

「ああ、あそこ。歩いても行けるんじゃない？」

「日曜日にこの距離を深雪《みゆき》さんが普通に歩いていたら大騒ぎだと思うよ」

「美人すぎるのは不便ね。私は程々で良かったわ」

亜夜子《あやこ》がさらりと呟《つぶや》いた。特に僻《ひが》んでいる様子は見られない。

独《ひと》り言《ご》ちた姉に、文弥《ふみや》は「何言ってるの」という呆《あき》れた目を向けた。世間一般の尺度に当てはめれば亜夜子《あやこ》は十分「美人すぎる」カテゴリーに属する。程度の差こそあれ、普通に——気配を消さずに街を歩けば、人だかりを作り出すに違いない。

「──運転手がいるんだから態々《わざわざ》歩く必要は無いよ」

文弥《ふみや》は亜夜子《あやこ》の独り言には触れなかった。口調も、呆《あき》れ声ではなかった。

「僕たちも車で付いていこう。黒川《くろかわ》に自走車を準備させている」

「一台だけ？」

「車は二台。バイクを六台用意させた。車が多いと駐車場の確保が大変だからね」

「ドローンは？」

「そっちも手配は終わっているよ」

上出来、という顔で亜夜子《あやこ》が頷《うなず》く。

「すぐに支度するから五分ちょうだい」

「そこまで急がなくても良いよ。十分後に出よう」

文弥《ふみや》はそう言って亜夜子《あやこ》に背中を向けた。

亜夜子《あやこ》は小さな音を立てて扉を閉めた。

◇◇◇

達也《たつや》と深雪《みゆき》が向かった植物公園は桜よりも薔薇《ばら》の方が有名だが、お花見スポットとしても名を知られている。日曜日ということもあって、園内の人口密度は高かった。

それでも文弥《ふみや》が予想したとおり、満開の時期に比べれば人出は減っている。人の波で達也《たつや》と深雪《みゆき》の姿が見えなくなるという状態にはならなかった。

公園内には制服警官の姿もあった。ハイテク型犯罪が増える一方で、スリや置き引きといった昔ながらの犯罪も無くなってはいない。毎年この季節の桜の名所は、彼らにとっての稼ぎ所だった。

「やっぱり注目を集めているわね……」

気配を消し、距離を置いて達也《たつや》を尾行している亜夜子《あやこ》が、通信機越しにうんざりした口調で文弥《ふみや》に囁《ささや》いた。深雪《みゆき》に向けられた眼差《まなざ》しは怪しいものばかりで、暗殺者の視線を検出するのに苦労しそう、というぼやきだ。

『仕方が無いよ。分かっていたことじゃないか』

文弥《ふみや》から慰めているともたしなめているとも取れる応えが返ってくる。

「そうは言ってもね。男の人が深雪《みゆき》さんに目を奪われるのは理解できるし、その中に不埒《ふらち》な妄想を懐《いだ》く強者《つわもの》がいるのも想定内よ。でも……」

亜夜子《あやこ》は耐え切れないとばかり、一つため息を挿《はさ》んだ。

「むしろ女性の方に煩悩《ぼんのう》だらけで見詰める目が多いってどういうこと？　おかしくない？」

『普通の男は、妄想することすら恐れ多いと感じてしまうんだろうね。深雪《みゆき》さんならそんなこともあるさ』

「意気地が無いわね、今時の男って……」

亜夜子《あやこ》は百年前に使い古されたような感想を漏らした。

◇　◇　◇

文弥《ふみや》からの命令は無かったが、有希《ゆき》たちのチームも同じ植物公園に来ている。有希《ゆき》は奈穂《なお》と二人で、若宮《わかみや》は一人で、文弥《ふみや》たちと同じように花見客を装《よそお》って達也《たつや》に殺意を向ける人影がいないかと目を凝らしていた。

それだけなら黒羽家《くろばけ》の人員が単に増えたのと同じだ。

だがやっていることは似ていても、意識が違っていた。

文弥《ふみや》も亜夜子《あやこ》も、のぞき見のような真似《まね》をしているのは万が一に備えてだ。

一方、有希《ゆき》には「来る」という確信があった。文弥《ふみや》が知らない情報を有希《ゆき》が摑《つか》んでいたわけではない。根拠は同じ暗殺者としての経験と嗅覚だった。彼女は「以前の自分ならここで狙う」と思ったのだ。

有希《ゆき》の感覚では、そろそろまともな殺し屋が出てきてもおかしくない頃合いだ。そして達也《たつや》を普通に手強いだけの標的と考えているかつての自分のような暗殺者には、この植物公園は絶好のロケーションだった。

「いるかもしれない」と考えて捜すのと、「いるに違いない」と考えて捜すのと。

有希《ゆき》が先に殺し屋を見付けたのは、この違いによるものだろう。

（何だアイツ……。やべえぞ）

見付けたまでは良かったが、その相手が只者《ただもの》ではなかった。どんな技を持っているのか、どのくらい強いのかは遠くから見ただけでは分からない。だが強いということだけは、それも尋常でない力を秘めているということだけは一目で分かった。

こいつは本隊だ、と有希《ゆき》は感じた。敵がこれまでに、偵察目的でけしかけてきたようなチンピラではない。外見は日本人と区別が付かないが、密入国したマフィアのヒットマンに違いないと有希《ゆき》は直感した。

（こんな所でまともにやり合ったら、一般人を大勢巻き添えにして大惨事だぞ……）

（そうなりゃ、警察だって黙っちゃいないだろう）

（マフィア相手に警察《サツ》が本気《マジ》になるのはちっとも構わねえが、こっちにまで飛び火しそうだぜ）

そんなことになったら、到底責任は取れない。

――これは、自分の手に負えない。

――少なくとも方針は決めてもらわないと動けない。

「――文弥《ふみや》、怪しい奴《やつ》を見付けた。あたしはどうすれば良い？」

そう考えた有希《ゆき》は文弥《ふみや》に電話を掛けて判断を仰いだ。

文弥《ふみや》に責任を押し付ける為《ため》に、判断を委ねた。

焦《あせ》りを隠せない有希《ゆき》を、奈穂《なお》が隣から訝《いぶか》しげに見ていた。

◇　◇　◇

「……こちらでも確認してみるよ。指示するまで待機してくれ」

『分かった。監視を続ける』

有希《ゆき》との通話を終えた文弥《ふみや》は、間《ま》を置かず亜夜子《あやこ》を呼び出した。

「姉さん、有希《ゆき》が殺し屋を見付けたみたいなんだ。作戦を話し合いたいから、こっちに来てくれる？」

亜夜子《あやこ》から承諾の返事をもらって、文弥《ふみや》はいったん通信機を待機状態に戻した。

文弥《ふみや》がいるのは桜が植えられている区画とは少し離れた所にあるテラスだ。この辺りに植えられている花は時季外れで蕾《つぼみ》にすらなっていない為《ため》、人は比較的少ない。文弥《ふみや》たちは予《あらかじ》め、達《たつ》也《や》と深雪《みゆき》が足を向けなそうなここを落ち合う場所に定めていた。

亜夜子《あやこ》は通信から五分未満で文弥《ふみや》と合流した。桜の園からここまで、普通に歩いて十分は掛かる距離なのだが、巧みに人混みをすり抜けてきたようだ。

「怪しそうな人を見付けたんですって？」

文弥《ふみや》の隣に座るなり、前置きを省いて訊《たず》ねる亜夜子《あやこ》。良く見ると彼女は、不満を押し殺している表情だった。いや、彼女が感じているのは不満ではなく不甲斐《ふがい》なさか。有希《ゆき》が先に不審者を発見したことに、彼女は納得できていなかった。

「そうだよ。隠し撮りさせようとしたけど、すぐ勘付いたような素振りを見せたので中止した。有希《ゆき》が言うように、只者《ただもの》じゃない」

「でも監視はさせているのよね？」

「有希《ゆき》たちとは別に、黒川《くろかわ》にも見張らせている。僕たちで直接確認して、行けそうだったら確保しようと思うんだけど」

文弥《ふみや》のプランを聞いて、亜夜子《あやこ》は「うーん……」と短く考え込んだ。

「手強《てごわ》そうだったらどうするの？」

「始末する。尚更《なおさら》放っておけないよ」

「こんなに人目が多いのに？」

「［毒蜂《どくばち》］を使おうと思う」

［毒蜂《どくばち》］は文弥《ふみや》たち姉弟の父、黒羽貢《くろばみつぐ》が編み出した暗殺用の精神干渉系魔法だ。術を掛けられた者が認識した痛みを、本人が死に至るまで無限に増幅する。文字どおり、針の先で付けられ

た程の小さな傷で命を奪う。

この魔法の犠牲者には致命傷の痕跡も内臓の損傷も毒物も残らない。死体から死因を特定するのは不可能であり、検死をしても「心疾患による突然死」という結論しか出ないだろう。

また精神干渉系魔法には珍しく発動手順が定式化されており、黒羽家《くろばけ》の暗殺部隊は［毒蜂《どくばち》］を切り札の一つとして使っている。

定式化されていると言っても精神干渉系魔法への適性が必要な為《ため》、亜夜子《あやこ》は［毒蜂《どくばち》］を使えない。だが［ダイレクト・ペイン］という遣い手が希少な精神干渉系魔法を十八番《おはこ》とする文弥《ふみや》は、本家本元の父親以上に［毒蜂《どくばち》］を使いこなすようになっていた。

「駄目よ、文弥《ふみや》。達也《たつや》さんに付《つ》き纏《まと》っているのは暗殺者だけじゃないのよ。魔法の行使は厳しく見張られていると思うわ」

「機械に感知されるような雑な使い方はしないよ」

自分は魔法の行使を機械的なセンサーに捉えられるほど未熟ではないと主張する文弥《ふみや》。

「情報部や公安にも、感知系が得意な魔法師はいるのよ」

だが、余計なリスクを冒すべきではないと考える亜夜子《あやこ》に、再度止められてしまう。

「じゃあ、姉さんはどうすべきだと思うんだ？　まさか、放置するとは言わないよね？」

達也《たつや》を狙う殺し屋を放置すれば、結局達也《たつや》がその殺し屋を片付けてしまうだろう。文弥《ふみや》には許容できない展開だ。

「達也《たつや》さんのお手を煩《わずら》わせるつもりはないわ」

その思いは、亜夜子《あやこ》も同じだった。

「そうね……当局を利用できれば、それが一番良《い》いんだけど」

「殺し屋と情報部を嚙《か》み合《あ》わせるってこと？」

亜夜子《あやこ》の瞳を見返す文弥《ふみや》の眼差《まなざ》しには「当局の諜報《ちょうほう》員が任務外のことに指一本でも動かすかな？」という疑念が見え隠れしていた。

「情報部や内情を当てにしているんじゃないわよ」

「情報部」は国防陸軍情報部のことで、「内情」は内閣府情報管理局のことだ。どちらも外国の工作員や反政府過激派を主なターゲットにしており、犯罪者には関心が薄い。

「公安だって似たようなものだろ」

「公安」――警察省公安庁はテロリスト対策を自分たちの縄張りと考えている。外国人犯罪も治安維持に関わるレベルにならなければ、公安は腰を上げない。

「満開の時期程じゃなくてもこの人出だもの。公安じゃない警察も来ているはずよ」

「そりゃ来てるだろうけど……手に負えるのかなぁ」

有希《ゆき》の感覚だけでなく、隠し撮りに即気が付いた点を考えても、問題の殺し屋は只者《ただもの》ではない。花見の警備に駆り出される普通の警察官が制圧できる相手とは、文弥《ふみや》には思えなかった。

「所轄の中にもできる人はいると思うわ。公園内の警官はチェック済みなんでしょう？　映像を見せてくれない？」

黒羽家《くろばけ》に与えられる任務は、何らかの法令に触れるものばかりだ。警察官の配置を確認するのは黒羽家《くろばけ》が仕事に臨む際のルーティンとなっている。今日はいつもの諜報《ちょうほう》任務ではないが、黒羽家《くろばけ》の家人《けにん》は近辺に展開している警官の位置情報と映像データを確保していた。

公園内の警官の数は、片手の指に満たなかった。表面的には事件が起こっているわけでもその兆候があるわけでもないから、人数が少ないのは当たり前のことだ。

隠し撮りした写真を一覧表示にした亜夜子《あやこ》は、すぐに「あらっ？」と声を上げた。

「姉さん、どうしたの？」

「文弥《ふみや》、使えそうな方がいたわ」

「知り合い？」

文弥《ふみや》の問い掛けに、亜夜子《あやこ》は一枚の写真を通常表示に戻した。

「えっと……」

ざっと見た時は気付かなかったが、文弥《ふみや》にも見覚えがある顔だ。ただ、誰だったかすぐには思い出せなかった。魔法師は大体において記憶力に優れていて、文弥《ふみや》も例外ではない。だがその記憶力にも限度というものがあった。

「文弥《ふみや》は二年前に少し会っただけだから思い出せないのかもしれないわね」

「ああ、空澤《からさわ》巡査か」

　しかし亜夜子《あやこ》のヒントで、文弥《ふみや》は正解にたどり着いた。

「今は巡査部長ですって」

　ただし、当然だがその記憶はアップデートされていない。

「姉さん、最近会ったの？」

「桜田門の辺りで偶然お見掛けしてね。有能な人だから、近況を涼《すず》に調べさせたのよ」

　文弥《ふみや》はこのセリフに疑いを持たなかった。空澤《からさわ》が亜夜子《あやこ》の実質的な初任務に協力してその達成に貢献したことは亜夜子《あやこ》から聞いているし、父の貢《みつぐ》が行わせた裏付け調査の結果も見ている。

　また二年前、アメリカからパラサイトが侵入した際の対応も、結果的に逃げられはしたが見事なものだった。そうした事実を踏まえれば「有能な人だから調べさせた」という亜夜子《あやこ》の主張には十分な説得力があった。

「確かに使えそうだね。でも、具体的にどうするの？」

「通報して捕まえてもらうだけで良《い》いんじゃない？」

「それだけ……？」

「作戦は複雑な方が良《い》いというわけではないわ。シンプルに済ませられるのならその方が良《い》いはずよ。大切なのはプランの見栄《みば》えじゃなくてミスを起こさない仕組みと、想定されるミスに適切な対応をする仕組みを備えておくことよ」

「フールプルーフとフェイルセーフだね。コンティンジェンシープランをメインプランにビルトインするとも言えるかな。それくらい分かっているよ」

「嫌ね。大学生になったからといって途端に横文字を使いたがるのは、かえって軽薄に見えるわよ」

「はいはい。僕が訊《き》きたかったのはその、不測の事態に対する備えの部分なんだけど」

文弥《ふみや》の目は「やれやれ、すぐにお姉さん振《ぶ》りたがる……」と語っていた。

その眼差《まなざ》しを受け止める亜夜子《あやこ》の瞳は「文弥《ふみや》のくせに生意気」と同じく無言で語っていた。

……二人は不毛な睨《にら》み合《あ》いをすぐに止めた。

「相手の逃亡に備えてくれる？」

「暴れた時の助太刀は要らないの？」

「状況次第ね。一般人に被害が出そうな状況になれば、手を出しても文句は言われないと思うわ」

「積極的に手出しはしないってことだね。了解」

文弥《ふみや》はそう言って、テラスに備付けのベンチから立ち上がった。

「黒川《くろかわ》たちと一緒に囲んでおくよ。有希《ゆき》にも協力させる。刑事さんの方はよろしく」

「ええ、任せて」

一拍後れて立ち上がった亜夜子《あやこ》は、そう答えて文弥《ふみや》と別れた。

◇　◇　◇

「空澤《からさわ》さん？」

　突然背後から名前を呼ばれて、空澤《からさわ》は思わず振り返りながら身構えた。

　振り返った先には、驚きに顔を強張《こわば》らせた美女がいた。身構えた空澤《からさわ》の反応にびっくりしたのだろう。しかし彼女はすぐに表情を緩め微笑《ほほえ》んだ。

　色っぽい外見だが、良く見るとまだ若い。美少女と呼んでも違和感が無い年頃に見えた。

「……空澤《からさわ》さんでしょう？　お久し振りです」

「黒羽《くろば》さん……ですか？」

　口調は自信無げだが、空澤《からさわ》は相手が誰だか分かっていた。何時《いつ》以来の再会なのかもはっきり覚えている。

　会ったのは二年ぶり、本格的な再会は五年ぶりだ。それでも確信は揺るがない。彼女は彼にとって、忘れられない女性だった。

　と言っても、別れた恋人とか将来を約束した仲とかではない。彼女と共有した体験が、彼の心に強烈な印象を刻み込んでいたのだ。

「ええ。ですが、以前のように亜夜子《あやこ》と呼んでください」

「お久し振りです。黒羽《くろば》さん……亜夜子《あやこ》さんも東京に来ていたんですね」

「はい。今年から魔法大学の学生です」

「そう言えば、そんなご年齢でしたね」

「空澤《からさわ》さんはご出張ですか」

「いえ、警察省に出向中です」

「まあ！　ご栄転ですのね。今は巡査部長さんですか？　それとももう、警部補になられたのかしら」

空澤《からさわ》の現在の階級は調査済みだ。

だが目をキラキラさせて訊《たず》ねる亜夜子《あやこ》の笑顔に、白々しさは一切無かった。

「巡査部長です」

「順調にご栄達なさっているのね。おめでとうございます。……それと、もしよろしければ、以前のように話してくださいませんか。空澤《からさわ》さんに丁寧語を使われると、何と申しますか、距離を感じてしまいます」

「亜夜子《あやこ》さんが以前のように気軽に話してくだされば、本官もそうしますよ」

「私は以前からこのような喋《しゃべ》り方だったと思いますが……」

「ああ……、そうでしたね。いや、そうだったね」

空澤《からさわ》は勘違いをした照れ臭さに頭を掻《か》いた。

──そう言えば彼女は五年前も、こういう大人びた言葉遣いをしていた。

空澤《からさわ》が亜夜子《あやこ》と初めて会ったのは、高校二年生の夏休みだ。当時彼女はまだ中学生だった。

亜夜子《あやこ》は良家の子女を集めた泊まり込みのサマースクールに潜入調査目的で参加していた。

第二高校に通っていた空澤《からさわ》はひょんなことから亜夜子《あやこ》と知り合い、土地勘の無い彼女を色々と案内している内に、亜夜子《あやこ》が調査していた事件に巻き込まれた。

いや、自分から積極的に関わっていったと言う方が正確かもしれない。当時の空澤《からさわ》は青臭い正義感の虜《とりこ》になっていた。自分でもそう思うくらいだから相当だ。──今も他人から見れば、正義漢という点は大して変わっていないのだが。

空澤《からさわ》と亜夜子《あやこ》に交流があったのは二年前のごく短い時間の再会を除けば、五年前の一ヶ月に満たない間だけのことだ。

だがそれは、密度の濃い日々だった。

まだ高校生の空澤《からさわ》と中学生の亜夜子《あやこ》が、国際犯罪結社相手に共闘したのだ。

亜夜子《あやこ》にとっては実質的な初任務だったし、空澤《からさわ》にとっては掛け値無しに初めての実戦だった。お互いの心に強い印象が刻まれたのは、ある意味で自然な成り行きと言えよう。二人の間には時間の長短に関わらない戦友の絆《きずな》が結ばれていた。

「それで、何の用だい？　ただ懐《なつ》かしくて声を掛けたわけじゃないんだろう？」

空澤《からさわ》の言葉遣いは、すっかり五年前に──高校生時代に戻っていた。

「空澤さん、い、声を掛けたのは懐《なつ》かしかったからですよ」

「他にも理由があるんだね？」

亜夜子《あやこ》の含みがある言い方を、空澤《からさわ》は聞き逃さなかった。

「花見客の中に怪しい者が紛れ込んでいます。おそらく、殺し屋の類ではないかと」

空澤《からさわ》の顔色が変わった。これが普通の女子大学生の言葉なら、聞き流しはしなくても話半分にしか受け取らなかっただろう。だが空澤《からさわ》は、亜夜子《あやこ》が何者なのかを知っている。彼女が四葉《よつば》一族分家、黒羽《くろば》家当主の娘だということを。

その彼女の警告だ。真面目に受け止めないはずはなかった。

「……もしかして、君たちの仕事関係か？」

「見付けたのは偶然です。今日は陰ながら次期当主さまのお供をしておりまして。そのついでに桜を愛《め》でていたら、怪しい者が目に付いたんですよ」

「次期当主と言うと、四葉《よつば》家の……？」

空澤《からさわ》は二高の卒業生で先祖代々古式魔法『忍術』を継承してきた家の出身だが、十師族を中心にした魔法師社会とは距離を置いている。だが魔法師の犯罪者を相手にすることも多い仕事上、情報収集は怠っていない。仮に魔法師社会の事情に疎《うと》くても二年前の、あれ程の大事件の焦点だった四葉《よつば》家次期当主とその婚約者のことは、知らないはずがなかった。

亜夜子《あやこ》はニッコリ笑うことで、空澤《からさわ》の言葉を認めた。

「その男は弟に見張らせています。凶器を所持していると思いますので、確かめていただけませんか？　証拠を発見する前でも、職務質問なら可能だと思いますが」

「……分かった」

空澤《からさわ》が迷ったのは、ほんの数秒だった。

「だが怪しい素振りがないかどうか、自分の目で確認したいので案内してくれないか」

「はい、それで結構ですよ」

亜夜子《あやこ》は空澤《からさわ》にクルリと背を向けて、軽やかな足取りで彼を先導し始めた。

◇◇◇

(なる程……。有希《ゆき》が尻込みするわけだ)

殺し屋を自分の目で確かめて、文弥《ふみや》は心の中で思わず納得の呟《つぶや》きを漏らしていた。

その殺し屋は、確かに只者《ただもの》ではなかった。文弥《ふみや》は相手の精神に肉体的な痛みを直接与える魔法の遣い手だ。それは言葉を換えれば、精神が認識する肉体の情報をハッキングし不正に書き換える魔法とも言える。

この魔法に熟達する過程で、文弥《ふみや》は他者の肉体情報を読み取るスキルを発達させた。その感覚が彼に告げている。――この男は普通の人間ではない、と。

常人には持ち得ない身体能力と肉体強度。それは、自然に獲得したものではなかった。生来の素質やトレーニングによる能力向上とは別に、手を加えられた痕跡がある。

生来の、遺伝子操作に因《よ》るものではない。

肉体に何かが埋め込まれているノイズも無い。

(強化人間か……)

おそらく生化学的な強化だろうと文弥《ふみや》は判断した。

(姉さんの判断を疑うわけじゃないけど……二十八家でもない刑事に対処できるのか?)

無理だろうな、と文弥《ふみや》は思った。

彼の感覚では、近接戦闘の距離まで近付かれてしまえば十師族でも苦戦する相手だ。いや、十師族であっても戦闘に慣れていない魔法師なら後れを取るかもしれない。自分が負けるとは思わないが、必要以上の騒ぎになってしまう可能性は否定できなかった。

「――コール、ナッツ」

文弥《ふみや》は待ち受け状態で耳に着けたままだった通信機のスイッチを入れて、音声コマンドで通話先を選んだ。

「有希《ゆき》。こちら文弥《ふみや》」

『はいよ。段取りが決まったのか』

応答はすぐに返ってきた。有希《ゆき》の方でも文弥《ふみや》の指令を待っていたのだろう。

「刑事に職質をさせる。君たちの役目は逃亡の阻止だ」

『逃げられそうになったら力尽くで足止めしろってことか？』

「刑事が振り切られていなければ足止めに徹してくれ。そうでなければ、追跡して捕まえろ。

――最悪、殺しても構わない」

『公園の中も外も周りは堅気の人間だらけだが、見られても良いのか？』

有希《ゆき》が殺し屋を見てすぐに思い浮かべた懸念《けねん》を、言葉を換えて口にする。

「僕も追う。人目が無い所で押さえろ」

見られたくないなら人がいない所で暴れれば良い。――文弥《ふみや》の答えはシンプルだった。

『日曜日だぜ。そう都合の良《い》い場所が見付かるか？』

「場所なら作るから心配しなくて良い」

『見付けるんじゃなくて作るのか。黒羽家《くろばけ》の魔法は便利だね。羨ましいぜ』

「愚痴は暇な時に聞いてあげるよ」

『要らねえよ。……それで、何処《どこ》があたしらの受け持ちだ？』

「君たちはいったん、東側の駐車場方面を見張って欲しい」

『了解《りょーかい》。以上か？』

文弥《ふみや》が「ああ」と答えた直後、通信は向こうから切れた。

失礼と言えば失礼な態度だが、文弥《ふみや》は特に、不満も苛立《いらだ》ちも覚えない。彼が有希《ゆき》たちのチームに求めるものは、礼儀ではなかった。

◇◇◇

「ええと……良かった。まだ騒ぎは起こしていませんでしたね。あの人です」

空澤《からさわ》を案内してきた亜夜子《あやこ》が、殺し屋を目立たないように指差した。

「空澤《からさわ》さん？」

亜夜子《あやこ》は振り返り、空澤《からさわ》の顔を見て訝《いぶか》しげな声を上げる。

空澤《からさわ》の表情は強張《こわば》っていた。

「……あれは確かに只者《ただもの》じゃない」

亜夜子《あやこ》と身体《からだ》を入れ替えるようにして、空澤《からさわ》が前に出る。彼は「下がって」という言葉と共に片手を亜夜子《あやこ》の前に翳《かざ》して、この位置に留まるよう彼女に指示した。そして自分は大勢の花見客の間を足早にすり抜けて、あっと言う間に殺し屋の前に立った。

殺し屋の顔を軽い驚きが過《よぎ》った。直前まで空澤《からさわ》に気付かなかったことに戸惑いを覚えている表情だ。

花見客の隙間をすり抜ける空澤《からさわ》は周囲の一般人に気配を同化させていた。それは彼の家が受け継いできたスキルの一つ。森にあっては木に同化し、野原にあっては風に同化し、人里にあってはそこに住む人々に同化する。

術の名前は特に無い。なぜならこれは、隠密の基本技能だからだ。

空澤家《からさわけ》は真田家《さなだけ》に仕え「忍び名人」と称《たた》えられた唐沢玄蕃《からさわげんば》の子孫を自称しているが、真実かどうかは分からない。ちなみに空澤《からさわ》刑事自身は、有名人を祖先に据えて家系に箔《はく》を付けた可能性の方が高いと考えている。ただ彼の家が忍術を伝える古式魔法師の家系であるのは、紛れもない事実だ。空澤《からさわ》も親から忍術を伝授されている。

古式魔法の忍術は、幻覚を操る類のものが多い。

だが空澤《からさわ》が受け継いだ忍術は［跳躍］や［消重］に代表されるような、自身に作用する慣性や重力に干渉するものが主体だった。魔法を使わない肉体派の忍術と併用することで人の域を超えた運動を実現するのが空澤家《からさわけ》の得意分野だ。その性質上、空澤《からさわ》は「忍術使い」の魔法だけでなく「忍者」の体術も会得《えとく》している。彼が殺し屋に気付かれることなくその前に立つことができたのはそれ故だった。

「警察です。少し良《い》いですか」

だが職質をするなら自分を警察官と相手に認識させる必要がある。空澤《からさわ》は警察手帳をしっかりと提示しながら殺し屋に声を掛けた。

殺し屋の反応は、空澤《からさわ》だけでなく亜夜子《あやこ》や文弥《ふみや》にとっても予想外のものだった。

いきなり殴り掛かってきたのだ。

それも破れかぶれの大振りパンチではなかった。両手を下げた状態から足を踏み出しながら繰り出す、左腕をしならせて放つフリッカージャブに似たパンチ。間髪を容《い》れず打ち込まれる右ストレート。スピードも威力も人間離れした、完全な不意打ちだ。

しかし空澤《からさわ》は殴り飛ばされるのではなく、常人のレベルを超えた反射神経でパンチを二発ともブロックした。スピードには完全に対応した空澤《からさわ》だったが、威力には抗しきれずよろめくように後退《あとずさ》る。

「刑事さん！」

慌てて駆け寄り、空澤《からさわ》を背後から支える亜夜子《あやこ》。

「駄目だ！　離れて！」

空澤《からさわ》は亜夜子《あやこ》を振《ふ》り解《ほど》くようにして前に出た。同時に殺し屋の追撃に備えて防御体勢を取る。

殺し屋もまた、前に出た。だがそれは追撃の為《ため》ではなかった。殺し屋は空澤《からさわ》の横をすり抜け、亜夜子《あやこ》を乱暴に引き寄せて背後から首に左腕を回し、右手で銃を突き付けようとする。

殺し屋の意図は明白だった。亜夜子《あやこ》を人質にして逃げようとしているのだ。しかし、殺し屋は脅迫のセリフを口にできなかった。

空澤《からさわ》が殺し屋の拳銃を、左手で摑《つか》んでいた。銃身を摑《つか》み、上に捻《ひね》り上げて銃口を空に向けている。一歩遅れはしたが、空澤《からさわ》は超人的な反応速度で殺し屋の企《たくら》みを阻《はば》んだ。

殺し屋の判断も早かった。彼は銃を手放し、亜夜子《あやこ》を空澤《からさわ》へと突き飛ばした。

両足が宙に浮く勢いで背中を押された亜夜子《あやこ》の身体《からだ》を、空澤《からさわ》は慌てて受け止める。

「大丈夫ですか⁉」

「あ、ありがとうございます」

亜夜子《あやこ》は動揺を露《あら》わにした顔で空澤《からさわ》にお礼を告げた。そしてその後にすぐ「申し訳ございません」と謝罪の言葉を付け加える。

「下がっていろと言われておりましたのに、私が不用意な真似《まね》をした所為《せい》で……」

殺し屋は亜夜子《あやこ》を受け止めた隙にこの場から逃げ去っていた。

「大丈夫です。追いついて見せます」

空澤《からさわ》は亜夜子《あやこ》をやや乱暴な手付きで立たせると、殺し屋が逃げた方へ猛然と走り出した。

取り残された亜夜子《あやこ》は道の端に寄って、携帯端末に連動した通信機を取り出す。亜夜子《あやこ》は俯《うつむ》いて通信機の端を耳に当てた。

「コール、文弥《ふみや》」

そして音声コマンドにより通話先を呼び出す。

『姉さん、何？』

応答はすぐにあった。

「暗殺者に発信器を取り付けたわ。チャンネルは九番よ」

亜夜子《あやこ》は殺し屋に組み付かれた瞬間、相手のジャケットに米粒大の発信器を付着させていた。

『了解。見てたよ。迫真の演技だったね』

「あっそ」

文弥《ふみや》のからかうような口調のセリフに、亜夜子《あやこ》は素っ気無い答えを返した。

『殺し屋はフォローしているよ。刑事さんが追いつけないようなら僕の方で処理する』

亜夜子《あやこ》の反応が薄かったからか、文弥《ふみや》はすぐに口調を改めた。「フォローしている」という表現で、殺し屋を監視していると亜夜子《あやこ》に伝える。

「公園を出るまでは手出しを控えなさい」

ただ亜夜子《あやこ》の声音は必要以上に冷たいものになっている。本当は自分の演技を羞じらっているのかもしれない。

『了解』

文弥《ふみや》は通信機の向こう側で、賢明にもそこに触れなかった。

◇　◇　◇

「ターゲットは南門の方へ向かっている。発信器のチャンネルは九番だ」

文弥《ふみや》は片目だけズームに設定した眼鏡型ゴーグルで暗殺者の姿を追い掛けながら、通信機に話し掛けた。

『了解……信号を確認した。すぐに移動する』

通信の相手は有希《ゆき》だ。彼女たちのチームは文弥《ふみや》の指示で東側の駐車場に控えていた。文弥《ふみや》の指示が間違っていたとは言えない。あくまでも包囲網の一角として持ち場を指定されただけだ。それは有希《ゆき》も理解していた。少なくとも彼女の声に、不満の気配は無い。

「念《ねん》の為《ため》、若宮《わかみや》と奈穂《なお》は公園の外で共犯の襲来に備えてくれ。黒川《くろかわ》もそちらに回す」

『若宮《わかみや》と奈穂《なお》は黒川《くろかわ》さんから指示を受ければ良いのか？』

有希《ゆき》は短期間だが黒川《くろかわ》から忍術――魔法でない方の忍術だ――の指導を受けている。その時以来有希《ゆき》は、黒川《くろかわ》だけは「さん」付けで呼ぶようになった。――なお文弥《ふみや》のことは相変わらず呼び捨てなのだが、文弥《ふみや》本人も黒川《くろかわ》も、そんなことは気に掛けていない。この時も文弥《ふみや》は「そうだ」と落ち着いた口調で答えただけだった。

『二人には伝えておくよ。他には？』

有希《ゆき》の質問に「以上だ」と答えて、文弥《ふみや》は自分から通信を切った。

ズームになった視界の中で、空澤《からさわ》刑事が暗殺者を追い掛けている。徐々に差は詰まっているが、公園内で追いつけるかどうかは微妙なペースだ。

文弥《ふみや》はズームを切って、ゴーグルに半透明の園内地図を映し出した。赤い光点が暗殺者に付けた発信器の位置、青い光点が自分の位置だ。それを視界の四分の一に収まるよう調節して、文弥《ふみや》は南門に向けて移動を開始した。

◇◇◇

（……くそっ、追い付けない）

亜夜子《あやこ》から殺し屋と聞いた不審な男――彼はそれが事実だと確信していた――を全力疾走で追跡する空澤《からさわ》だが、中々追い付けずにいた。

（魔法を使っているようには見えないのに。こいつ、普通の人間じゃない）

（――強化人間か？）

空澤《からさわ》は流れる景色で自分の移動速度が分かる。交通取締《とりしまり》の任務に就いたことは無いが、そういう仕事に回されたときに備えて自主的に練習して身につけたスキルだ。

彼の場合そのスキルは高速で動く乗り物を運転している時だけでなく、自分の足で移動している時にも働く。今彼は、百メートル五秒から六秒のペースで移動していた。

もちろん、肉体だけの力で出している速さではない。体術に魔法を組み込んだ［風足《ふうそく》］という高速走法によるスピードだ。短距離・直線の移動には［雷足《らいそく》］というもっと速い走法があるから厳密に言えば全力疾走ではないかもしれない。だが［雷足《らいそく》］に付随する様々な制約条件を考えると、賊の追跡に使える技術の中では［風足《ふうそく》］が最も速い。それを使って普通の人間に追いつけないのは、あり得ないことだった。

あいにくと自分の魔法的な知覚力は並以下と空澤《からさわ》は自覚していた。だから今追い掛けている殺し屋が彼に魔法の行使を感知させせない熟練の魔法師という可能性は否定できない。だがそれよりも「あの殺し屋は強化人間だ」と考える方が空澤《からさわ》にはしっくりきた。

◇　◇　◇

（それにしても、予想以上に速いな）

魔法を併用して移動しながら、文弥《ふみや》は心の中で呟《つぶや》いた。

文弥《ふみや》の想定を超えているのは強化人間と思《おぼ》しき暗殺者だけではなかった。追随する空澤《からさわ》の移動速度も文弥《ふみや》の想定外だった。

空澤《からさわ》の足が身体能力だけでないのは、遠くから見ているだけですぐに分かった。

（しかしあの魔法は何だ……？）

ただ空澤《からさわ》が何の魔法を使っているのかまでは分からなかった。

やっていることは分かる。自身の肉体に作用する慣性を制御して走る速度を上げている。だが制御が細かすぎて、慣性制御魔法の工程を増やすだけでは真似《まね》できそうになかった。

走るという行為も歩くという行為も、地面を蹴る足（蹴り足）で前に進む動作と踏み出した足（軸足）で身体《からだ》を支える動作の繰り返しで成り立っている。身体《からだ》を支える動作には身体《からだ》を止めるという側面もある。慣性が作用しなければ、蹴り足で生み出した推進力は軸足が体重を受け止めた際にかなりの部分が相殺《そうさい》されてしまう。

もっとも体重を受け止めながら足裏で地面を掴《つか》み身体《からだ》を前に引っ張るように軸足を使って、減速を抑えることは可能だ。足を余り高く上げず歩幅を狭め両足を同時に地に着けることで、慣性に頼らずに前進することも不可能ではない。短い距離を直線に進むだけなら、慣性制御とこの歩法の組み合わせで瞬間移動と見間違える程の速度を出せるだろう。

だが空澤《からさわ》は特殊な走法ではなく、普通にスポーティな走り方をしている。蹴り足による加速と軸足による支持・減速を繰り返す走り方だ。慣性制御で高い速度を得る為《ため》には身体《からだ》の重心が軸足の設置点を越えた時点で慣性を中和し、蹴り足を利《き》かせる時点で慣性中和を最大にし、推進力が速度に変わった時点で慣性を戻し、軸足が着地する一瞬だけ慣性を中和して、着地が完了し軸足に体重が乗った瞬間再び慣性を戻すという細かい調整が必要になる。それを全て、一歩ごとに繰り返し行わなければならない。

おそらくその操作を魔法の工程の積み重ねではなく肉体の動作に合わせて自動的に行う仕組み、エージェントのようなものに魔法の制御を代行させる古式魔法の術式なのだろう。大陸系方術士が用いる高速走行魔法［神行法］も似たようなシステムの魔法なのかもしれないと文弥《ふみや》は思った。

そういう魔法的な考察を行いながら、文弥《ふみや》は自身の移動速度も維持していた。彼は普通に走りながら、高さを三十センチ前後に抑えた［跳躍］を繰り返し織り交ぜることで速度を稼いでいる。傍《はた》から見れば文弥《ふみや》の方が忍者っぽい走りに見えたかもしれない。

植物公園の南門方面は雑木林になっている。

花見客は公園の北側に集中しており、ただでさえ来園者の姿は疎《まば》らだ。

先程園内放送で南側の雑木林に不審者が向かっていると注意が呼び掛けられたので、人影はすっかり無くなっていた。

黒羽《くろば》の魔法を使わなくても、そこに人目の無い状況ができあがっていた。

◇　◇　◇

有希《ゆき》は身体強化《フイジカルブースト》の超能力者《サイキック》だ。身体能力強化率は生化学的な強化を上回る。

また有希《ゆき》は小柄な女性だが、忍者の体術修行と実戦で鍛えられた彼女の肉体は鍛えた男性に勝るとも劣らぬ運動能力を発揮する。素の身体能力×強化率で、身体強化《フイジカルブースト》をフル稼働《かどう》させた有希《ゆき》の走力は、生化学的強化人間の暗殺者を上回っていた。

それに桜園から南門までの道より、彼女がいた東側駐車場からの道の方が直線的だ。

自身の能力と地の利で、有希《ゆき》は先回りに成功した。

だからといって彼女は、殺し屋の前に立ち塞がったりはしなかった。正面衝突を恐れたのではなく、追い掛けてくる刑事に顔を見られたくなかったからだ。

有希《ゆき》は道の近くに生えている木の陰に隠れて、ポーチから得物を取り出した。彼女が普段、愛用している得物はナイフ。だが取り出した武器は、飛び道具だった。

銃ではない。有希《ゆき》は人並みに——殺し屋としてはという意味だ——銃を使う技術はあるが、銃声を嫌って実際に使用することは余り無い。発射音という点ではずっと静かな、その代わり拳銃よりずっと嵩張《かさば》るクロスボウでもない。今日用意した得物はもっと彼女の特性にマッチした物だった。

玩具版のパチンコという名称でも知られている、ゴムで弾を飛ばすシンプルな武器。スリングショットだ。

有希《ゆき》は身長に応じて腕も短いので、ゴムを引く長さは稼げない。だが彼女には身体強化《フィジカルブースト》があるので人間の筋力では到底引けないような強力なゴムを使ったスリングショットを操れる。射出の音がしないわけでは無いが、銃に比べれば無いに等しい。また、同じく静かな武器であるクロスボウに比べて発射に掛かる時間は圧倒的に短い。それでいて近距離なら十分な殺傷力を発揮する。有希《ゆき》が最近お気に入りになった飛び道具だ。

粘土を固めて作った弾丸をスリングショットにセットし、気配を殺してターゲットの接近を待つ。

ターゲットの殺し屋はすぐに現れた。殺し屋が走るスピードは速い。周りには有希《ゆき》以外にも黒羽家《くろばけ》の戦闘員が潜んでいるはずだが、有希《ゆき》は彼らが行動を起こすのを待たなかった。

スリングショットのゴムを引きながら木の陰から半身《はんしん》を出し、粘土の弾丸を撃ち出す。

腹を狙った弾丸はわずかに逸《そ》れて、殺し屋の右足の付け根に命中した。

路上に転倒する殺し屋。だがそのまま無様に倒れ伏すことはなく、前転して片膝立ちに体勢を立て直す。

有希《ゆき》の直感が危機を伝えた。

己の直感に逆らうことなく、半ば反射的に有希《ゆき》は木の陰に隠れる。

サプレッサーで抑えられた、それでも明瞭に聞こえる銃声が有希《ゆき》の耳に届いた。

彼女が身を隠している幹を銃弾が掠《かす》める。

何時《いつ》でも逃げ出せる体勢で、有希《ゆき》はしゃがみ込んだ。

銃声と、幹の裏側に銃弾が食い込む音。

銃声は二発。幹が裂ける音は一つ。

それきり、音が止《や》んだ。

有希《ゆき》は小さな手鏡を出して様子を窺《うかが》う。

追い掛けてきた刑事が片膝立ちの殺し屋に銃を向けている姿が鏡に映った。

◇　◇　◇

空澤《からさわ》は殺し屋の背中を視界に捉えていた。

だが思ったように距離が縮まらない。彼は焦《あせ》りを感じ始めていた。

南門が近付いている。所轄に応援を頼んではいるが——今日は順番で言えば、警察省に出向中の彼が所轄の応援に来ている——公園の外に出たら逃がしてしまう可能性が高いと空澤《からさわ》は感じていた。

（［雷足《らいそく》］を使うか……？）

一か八かの賭けに出るべきか、彼は迷った。［雷足《らいそく》］は［風足《ふうそく》］と違って直線的にしか動けない。途中で止まることもできないし、周囲の状況も限定的にしか知覚できない。途中に見えていない障碍物《しょうがいぶつ》——例えば罠《わな》——があれば、自滅に近い形で大ダメージを負ってしまう。

だが［雷足《らいそく》］は元来、奇襲と緊急離脱の為《ため》の魔法だ。これを使えば、殺し屋に追い付いて一撃を加えることが確実にできるだろう。——罠《わな》が無ければ。

（——ええい、やってやる！）

彼が決意を固めた、その瞬間のことだった。

殺し屋が突如、体勢を崩して転倒した。

(何だ？　撃たれた？)

転ぶ直前、殺し屋は右足にダメージを負ったような反応を見せた。銃声はしなかったが、まるで小口径の銃で撃たれたような仕草だった。

(エアガン……あるいは、スリングショットか……？)

事実はまだ分からない。とにかくこれはチャンスだった。——チャンスに、見えた。

だが空澤《からさわ》は、殺し屋に突進しようとして逆に急停止した。

起き上がり片膝立ちになった殺し屋は、銃を持っていた。

銃口を道のすぐ側《そば》に立っている太い木に向け、躊躇《ためら》わず引き金を引く。

空澤《からさわ》は状況を覚《さと》った。

殺し屋の足を止めた狙撃手が、木の陰に隠れているに違いないと。

空澤《からさわ》は素早く懐《ふところ》から拳銃を出した。そして殺し屋に向けて、引き金を引いた。

「銃を捨てろ！」

空砲による威嚇射撃を経て、空澤《からさわ》は殺し屋に銃の放棄を迫った。

殺し屋は両手を上げてゆっくりと立ち上がる。

その足下へ、空澤《からさわ》は実弾を撃ち込んだ。

銃弾が透水性舗装面に食い込み、破片が飛び散った。

「もう一度言う。銃を捨てろ」

空澤《からさわ》の勧告に殺し屋は肩を竦《すく》めるような仕草を見せて、銃を握る右手を開いた。

拳銃はゆっくり回転しながら落下し、サプレッサーを付けた銃口を空澤《からさわ》の方へ向けた状態で路面に落ちた。

落ちたその衝撃で、拳銃が暴発する。

余程の安物だったのか。いや、暴発するよう仕組まれていたのだろう。

空澤《からさわ》は反射的にしゃがみ込んだ。

空澤《からさわ》の銃口が殺し屋から逸《そ》れる。

殺し屋は拳銃を拾うのではなく、空澤《からさわ》へと襲い掛かった。

二人の距離は十メートル弱離れていた。それが殺し屋の一跳びで零になる。

迎え撃つ空澤《からさわ》は引き金を引くのではなく、立ち上がりながら殺し屋を銃で殴りつけた。

彼が愛用している拳銃はオートマチックではなくリボルバーだ。理由は、頑丈だから。日本の警察官は軍人と違って多数の殺人を前提にしていない。拳銃を携帯する主目的も射殺ではなく制圧だ。ステンレス製リボルバーのグリップは、マガジンが収まっているオートマチックのそれと違って殴打《おうだ》の武器になる。オートマチックに装弾数で劣っていても、頑丈なリボルバーの方が空澤《からさわ》にとっては使い勝手が良かった。

中段から面を打つ要領で叩《たた》き込んだグリップは、顔の前に翳《かざ》された殺し屋の左腕の骨を折って止まった。

その直後、拳銃を握る空澤《からさわ》の右腕に「熱」が走った。知覚が認識に変わった直後、「熱」は痛みへと変化した。

空澤《からさわ》は見た。スーツとシャツの袖を突き破って、彼の右腕に小さなナイフが突き刺さっている。柄の無い、棒手裏剣のような細いナイフだ。

空澤《からさわ》は刃《やいば》を押し込まれる前に右腕を引いた。手からすっぽ抜けた拳銃が背後に飛んでいく。彼はバックステップで殺し屋から距離を取った。

左手で刺された傷口を押さえる。血は止まりそうにないが、反応が早かった御蔭《おかげ》か刃《やいば》が重要な神経や血管に届いている様子は無い。だが当面、右手は使えそうにない。

殺し屋の方も左腕が折れている。しかし先程まで右手で銃を握っていたことから推測して、利《き》き腕《うで》は右だ。状況は空澤《からさわ》の方が不利だった。

殺し屋もそう判断したのか、逃走ではなく闘争を選んだ。

空澤《からさわ》の血に濡《ぬ》れたナイフを殺し屋が投じる。彼我《ひが》の間合いは数メートル。そしてその投擲《とうてき》は、素人《しろうと》どころか並みの軍人や警官、ボディガードや格闘家にも躱《かわ》せぬ程、速く鋭かった。

だが空澤《からさわ》は、並みではなかった。負傷の影響を感じさせない素早い身のこなしでナイフを避《よ》けると、殺し屋に向かって左手から何かを飛ばした。

投げたのではない。手はほとんど動いていなかった。ただ指を弾《はじ》くような仕草を見せただけだ。

殺し屋にはその何かが見えていたようだ。反射的に腕で顔をかばう。

その腕の上で小規模な爆発が起こった。

火力は大したものではない。ジャケットの袖を焦がしもしなかった。ただその爆発で生じた白煙が、殺し屋の視界を遮った。

空澤《からさわ》が指で弾いて飛ばしたのは、親指の爪程の大きさの球体。黒色火薬を米糊《こめのり》で丸く固めて作った礫《つぶて》だ。もちろん、ぶつけただけで爆発するような代物ではない。

では何故《なぜ》、殺し屋の腕に衝突した瞬間に起爆したのか。

答えは単純。空澤《からさわ》の魔法によるものだ。

彼が得意とする魔法は［跳躍］を始めとする、自分自身に作用する慣性と重力を制御する魔法と、もう一つ。――火薬を併用する魔法。

これも、彼が受け継いだ家伝の魔法だ。

火薬の扱いを得意とする忍者と言えば、伊賀《いが》者が知られている。空澤《からさわ》の家は、本当は伊賀《いが》忍者の系譜なのかもしれない。

空澤《からさわ》が使った礫《つぶて》の火薬は、煙が多く出るよう調合されていた。その煙によって殺し屋の視界が遮られる。また顔のすぐ前、自分の腕で生じた爆発に殺し屋は動揺していた。

動揺していると言っても、取り乱しているわけではない。戦闘に向けられるべき集中力が少し散漫になった程度だ。

しかしそれでも、隙は生まれた。

その隙に乗じて、空澤《からさわ》は本格的な攻勢に転じた。

◇　◇　◇
（へぇ……やるじゃないか）

雑木林の木の陰から空澤《からさわ》の戦い振りを見ていた文弥《ふみや》は、心の中で軽い感嘆を漏らした。

空澤《からさわ》の身体《からだ》がフワリと宙に浮く。

蹴りつけてくる足に、殺し屋はナイフを突き立てようとする。

だが空澤《からさわ》は空中を蹴って殺し屋を飛び越え、その背中を斜め上方から踏み付けた。

背後から突き飛ばされた殺し屋は、逆らわず路上で前転してすぐに体勢を立て直す。

しかしその時点で既に、空澤《からさわ》の跳び蹴りが迫っていた。

キックを右腕でブロックする殺し屋。

空澤《からさわ》はその腕の上に立ち、殺し屋の頭部めがけてローキックを放つ。

骨折している左腕では蹴りをブロックできない。殺し屋は、足場にされている右腕を勢い良く上げて空澤《からさわ》を撥《は》ね飛ばした。

巧みにバランスを取って姿勢を維持したまま、空澤《からさわ》は道路の端に着地する。

殺し屋はナイフを持つ右腕をダラリと垂らした。蹴りをブロックしたダメージに加えて片手で成人男性を撥《は》ね上げた無理の影響で構えが取れないのだ。

もたつく殺し屋を尻目に、空澤《からさわ》は再び宙に舞う。

殺し屋は空澤《からさわ》の空中殺法にすっかり翻弄されていた。空澤《からさわ》が殺し屋を取り押さえるのも時間の問題だろう。

文弥《ふみや》は何時《いつ》でも介入できるように［ダイレクト・ペイン］の専用CADを構えていた。

だが、どうやら手助けは必要なさそうだ。

南門の外でも騒動が発生している。暗殺者の逃走をバックアップする仲間が応援に駆け付けたようだ。文弥《ふみや》はこの場の見届けを有希《ゆき》に任せて、そちらの様子を見に行くことにした。

◇ ◇ ◇

「良くやるよ……。白々しくならないところが凄《すげ》えよな」

有希《ゆき》は再生された動画を見ながら、思わず声に出していた。

場所は有希《ゆき》のマンション。時刻は夕食前。大きな画面に映し出されているのは、今日調布《ちょうふ》市の植物公園で撮影した殺し屋の動画だ。

植物公園の一件は空澤《からさわ》が殺し屋を取り押さえ、殺し屋の仲間は駆け付けた所轄の刑事が逃がしてしまうという結末で幕を下ろした。大勢の警察官が集まった状況では動くに動けず、有希《ゆき》のチームは逃げる殺し屋一味の追跡を断念しあの場から撤収したのだった。

「こういうシチュエーションって、美人だと絵になりますねぇ」

有希《ゆき》の隣で奈穂《なお》が羨ましそうな声を上げた。画面の中では殺し屋に突き飛ばされた亜夜子《あやこ》を空澤《からさわ》が抱き止めていた。

「で、どうだ、クロコ。該当するデータはあったか?」

有希《ゆき》がモニターから離した目を鰐塚《わにづか》に向けた。この動画は公園の監視カメラの録画データだ。それを鰐塚《わにづか》がハッキングしたものだった。彼女は、人相照合ソフトで殺し屋の正体を割り出せないかどうか試している鰐塚《わにづか》に、その成果を訊《たず》ねた。

鰐塚《わにづか》が再生中の録画と付き合わせているのは、裏社会で取引されている仕事人の顔写真付きデータベースだ。仕事人——殺し屋やテロリストの顔写真付きデータなどというものが取引されているのは不思議な気もするが、これはあちこちの組織が敵対勢力について流したデータを纏《まと》め上《あ》げたもの。つまりこのデータベースは外注先のリストであると同時に賞金首のリストでもあった。

ただ、このデータベースは完璧ではない。いや、完全版と言うには、漏れが多い。例えば、今この場にいない若宮《わかみや》のデータは入っているが有希《ゆき》のデータは含まれていない。正直に言えばこのデータベースで今日の殺し屋の正体が判明する可能性は低いと有希《ゆき》は考えていた。

「――やはり該当はありませんね」

それは鰐塚《わにづか》も同じだった。そもそもそんなに簡単に正体が割れては、殺し屋稼業《かぎょう》は上がったりだ。殺し屋は、若宮《わかみや》のように陰と闇の中で正面から暗殺を実行できる者ばかりではない。顔を知られた時点で引退するか、新しい顔を用意するのが一般的と言える。現在行っている照合作業はあくまでも念《ねん》の為《ため》のものだった。

「警察に身柄を押さえられたのは、やはり痛かったですね」

「仕方ねぇだろ。あの状況じゃ」

「そうなんですけどね……」

ふて腐れたように言う有希《ゆき》に、鰐塚《わにづか》は同意しながらもため息を吐《つ》いた。

「豚箱に侵入するか」

「いえ、それは止めた方が良《い》いでしょう」

しかし有希《ゆき》の思い付きに、鰐塚《わにづか》は表情を一変させて彼女を止めた。

「押し入ろうってんじゃないぞ。穏便に入り込むつもりだ」

「騒ぎを起こして態《わざ》と捕まるつもりでしょう。駄目です」

「何でだよ」

「せっかくＦＬＴに入り込んだのに、そっちの仕事はどうするんですか」

「ぐっ……」

言葉に詰まった有希《ゆき》と、さっきよりも大きなため息を吐《つ》く鰐塚《わにづか》。

「これまでと方針は変わりません。次の襲撃を待ちましょう」

「……分かったよ。それしかねーか」

「あのー、一つ気になったことがあるんですが」

二人の口論を黙って聞いていた奈穂《なお》が、遠慮がちに口を開いた。

「気になっていること？」

訝《いぶか》しげな声で、有希《ゆき》が続きを促す。

「今のシーンは大勢の人に見られていますよね？　あそこにはあの男だけじゃなくて、他にも敵がいたと思うんです」

「そうですね。アタッカーの側《そば》にバックアップが控えているのはセオリーです」

今度は鰐塚《わにづか》が相槌《あいづち》を打ち、「それで？」という目を奈穂《なお》に向ける。

「亜夜子《あやこ》さま、そいつらに目を付けられなかったでしょうか？」

「……仕事の邪魔をされた仕返しに来るってのか？」

有希《ゆき》は奈穂《なお》の指摘に、軽い意外感を示した。

「無いとは言えねぇが……。そんなことで一々面子《メンツ》だ何だと騒ぐのはチンピラのやることだぜ。今日の奴《やつ》は、少なくともチンピラじゃなかった」

「面子《メンツ》？　いえ、そうではなくてですね……」

「んっ？　……何を心配しているんだ？」

話が噛《か》み合《あ》っていない。そう感じた有希《ゆき》は、改めて奈穂《なお》に真意を訊《たず》ねる。

「殺し屋が達也《たつや》さまの周囲を嗅ぎ回っているのなら、亜夜子《あやこ》さまと達也《たつや》さまが親密な関係だということを突き止めるのは難しくないと思うんです。亜夜子《あやこ》さまは深雪《みゆき》さまと一緒にお出掛けとかなさっていますし」

有希《ゆき》は奈穂《なお》の指摘を、今度は真面目に受け止めた。

「つまり仕事の邪魔をされた腹いせじゃなくて……。あ、あの人をつり出す餌に使おうと企《たくら》むかもしれない、と言いたいのか？」

「はい。あり得るんじゃないでしょうか。もちろん、亜夜子《あやこ》さまがマフィアの殺し屋如《ごと》きに後《おく》れを取るとは思いませんが」

「……そうだな。亜夜子《あやこ》がやられる心配はしなくても良いだろうが……クロコ、どう思う？」

「そうですね……。亜夜子《あやこ》様が狙われる可能性はあります」

鰐塚《わにづか》も慎重な口振りで奈穂《なお》の指摘を認める。

「ただ我々には何もできませんよ。亜夜子《あやこ》様は黒羽家《くろばけ》がガードしているでしょうし、四人ではあ、あの人の周りを見張るだけで手一杯です」

その上で、心配しても無駄だと奈穂《なお》を諭した。

◇　◇　◇

国際秘密結社『ギルド』、その暴力犯罪実行部隊である『マフィア・ブラトヴァ』。彼らはチャイニーズマフィアとの抗争に疲弊したヤクザ組織を数多く傘下《さんか》に収めているだけでなく、嘆かわしいことに警察内部にも魔の手を伸ばしていた。

「災難だったな」

空澤《からさわ》に取り押さえられた殺し屋に取調室で話し掛けているのは、所轄署の警部補だ。取調室にいるのは警部補と殺し屋の二人だけ。他の刑事は同席していない。

警部補は机に指で簡単な二つのシンボルを描いた。ラテン十字とロシア十字。ロシア十字は横棒が二本の六端十字架だ。

殺し屋は手錠を掛けられた手で、六端十字架の下に横棒が三本の八端十字架を描いた。

「安心しろ。カメラもマイクも切ってある」

警部補の言葉に、殺し屋が緊張を緩めた。

「兄弟《ブラート》、あの刑事は何だ？　ただの人間ではないだろう」

「お前を捕まえた刑事のことか？　奴《やつ》は本省から来ていた応援だ。魔法師だよ」

「魔法師にしてもあの動きは、普通ではなかった」

「ロシア人の兄弟《ブラート》には馴染《なじ》みが無いかもしれんな」

警部補が言うように、この殺し屋はロシアからの密入国者だった。外見が日本人と区別が付かないのはハーフとかではなく、そういう民族だからだ。

「あいつは忍術使いだよ」

「忍者か……！」

殺し屋が単なる驚きを超えた食い付きを見せる。二十一世紀末になっても「忍者」と「侍」は外国人にとって特別なニュアンスがあるようだ。

「そんなことよりも……」

警部補は苦笑しながら話題を変えた。

「お前に発信器が付けられていたぞ」

苦笑含みから一転したシリアスな口調になって警部補が殺し屋に告げる。

「何ぃ⁉」

殺し屋は本気で驚いていた。どうやら気付いていなかったようだ。

「豆粒程の発信器がお前のジャケットの裾近くに付いていた。繊維に絡《から》んで貼り付くタイプだ。軽く押すだけでくっついて、激しく暴れても外れない優れものだよ。ＳＩＳのエージェントが使っているタイプと同じ物だが、本当に心当たりは無いのか？」

ＳＩＳは（英国）秘密情報部の略称だ。ＭＩ６の通称でも知られている。

「ジャケットの裾？」

「ああ。この辺りだ」

警部補は立ち上がり、自分の左腰の前側を指差した。

「……あの女か！」

警部補が腰を下ろすのとほぼ同じタイミングで、殺し屋が叫ぶ。

「お前が人質に取ろうとした女か？」

「ああ、間違いない。その場所に触《さわ》れたのはあの女だけだ」

「なる程」

警部補は、武器の所持を万が一にも覚《さと》られぬよう他人との接触を注意深く避ける殺し屋の習性を知っている。それにあの女ならば発信器を付けるくらい朝飯前だろうと納得した。

「……何者なんだ？」

向かい合う相手の奇妙な物分かりの良さに違和感を覚えた殺し屋が、探る目付きで警部補に訊《たず》ねる。

「黒羽《くろば》亜夜子《あやこ》。ターゲットの再従姉妹《はとこ》だよ」

警部補はマフィア・ブラトヴァの秘密メンバーだ。組織が誰を標的にしているか当然知っていたし、亜夜子《あやこ》の素性は調書に書かれていた。

「あの女も四葉《よつば》の一族か？　それにしては歯応《はごた》えがなかったが……？」

かったようだ。


「戦闘要員ではないのだろう」

ただ、警部補は「触れてはならない者たち《アンタッチャブル》」四葉家《よつばけ》の「更なる闇」、黒羽家《くろばけ》のことは知らなかったようだ。

「女でなければ務まらない仕事もあるからな」

「確かに、若さに似合わず随分と色っぽい女だった」

自分自身で得た実感から、殺し屋は警部補の言葉に納得した。これは殺し屋の目が節穴と言うより、亜夜子《あやこ》の演技がそれだけ優れていたと考えるべきだろう。

「しかし、的《まと》の身内か……。使えそうだな」

殺し屋が漏らしたセリフに警部補が眉を、器用に片方だけ上げた。

「……誘《おび》き出《だ》す餌に使うという意味か？」

「今回の的《まと》は、とにかく狙える機会が少ない。人質も考えるべきだろう」

「お前の考えは分かった。だが、出してやれるまで少し時間が掛かりそうだ。兄弟《ブラート》に伝えておいてやるよ」

警部補はそう言って立ち上がった。

殺し屋もそれにならった。

気安い雰囲気は消え、二人とも硬い表情で取調室を後にした。

【6】藪蛇《やぶへび》

入学して三日目ともなれば、諸手続も一段落している。入学直後のこの時期はまだ課題も無く時間に余裕ができるのは、魔法大学も他の大学と変わらなかった。

この日、一日の講義が終わった後、亜夜子《あやこ》は知り合ったばかりの同じ新入生女子数人と連れ立って都心の繁華街に向かった。遊びに繰り出したわけだが、単なる時間の浪費ではない。

魔法師にも人脈は必要だ。いや、少数の魔法師で構成される狭い社会における人脈の重要度は多数の一般人で構成される社会におけるそれよりも高いと言える。

黒羽《くろば》家《け》の役目は諜報《ちょうほう》と裏工作及び破壊工作だが、密《ひそ》かに立ち回るには亜夜子《あやこ》は美人すぎる。また、九校戦で魔法関係者の間に顔を知られてしまっている。彼女の魔法は隠密《おんみつ》行動に向いているのだが、一般人に紛れた諜報《ちょうほう》活動や破壊工作は厳しいものがあった。

しかし容姿が優れているからこそ、顔が売れているからこそできる諜報《ちょうほう》活動もある。社交の中で、人脈を活《い》かした情報収集と情報操作。この分野を得意としているのは七草《さえぐさ》家《け》であり、これまで四葉《よつば》家《け》は余り力を入れてこなかった分野だ。二年前まではそれでも良かった。だが達《たつ》也《や》が世界の関心を集めたことで四葉《よつば》家《け》も表の諜報活動を無視できなくなっていた。

顔と名前が売れたのは亜夜子《あやこ》が望んだ結果ではない。だがそれを今更無かったことにはできない。亜夜子《あやこ》は美貌と知名度を活《い》かす道として、人脈作りに励むことにしたのだった。

　中京圏出身の亜夜子《あやこ》だが東京には仕事で頻繁に来ていた。高級ブランド店については東京の地元民に勝るとも劣らず詳しい。一方、カジュアルな有名店はまだ良く知らない。自分と同じ首都圏以外の出身者をブランド店に連れて行き東京女子にカジュアル店を紹介してもらう。そうしてあちこち歩き回っている内に日はとっぷりと暮れていた。

　大学生になったら呑《の》めなくても飲酒、という悪習は前《さき》の大戦中に是正されている。彼女たちはお洒落《しゃれ》なカフェで軽食を楽しんで解散した。

　日没はとうに過ぎ既に夜だ。とは言えまだ宵の口。若い女性が一人で帰宅しても、それほど危険な時間帯ではない。

「姉さん」

「あら、態々《わざわざ》迎えに来てくれたの？」

　だがカフェの出口では、文弥《ふみや》が亜夜子《あやこ》を待っていた。

　同級生の間から「妹さん？」という声が上がる。

　それを別の声が「弟さん……よね？」と自信無さそうに打ち消す。

「えっ、嘘《うそ》。男子？」という声も聞こえてきた。

　文弥《ふみや》は曖昧に笑うだけで答えを示さない。

「弟ですよ。それでは皆さん、また明日」

　亜夜子《あやこ》はそう言って、文弥《ふみや》と共に駅の方へ歩き出した。

残された同級生の間では、明確な回答が示されたにも拘《かか》わらず、まだ「嘘《うそ》」「本当？」「男子」「女の子」「男の娘《こ》」という論争が続いていた。著しくサブカルチャーに侵された最後の声は論外としても、文弥《ふみや》のことを女性と勘違いしてしまうのは客観的に見ても仕方が無いかもしれない。そもそも文弥《ふみや》本人が今や、勘違いされても構わないというスタンスだ。

彼の性自認は男性だし性嗜好《しこう》は異性愛《ヘテロ》だ。積極的に女性として見られたいとは思っていないし、男性の気を惹《ひ》くつもりは毛頭無い。ただ大学生にもなって美少年扱いされるよりは、女子大学生に勘違いされる方がマシだという妥協の産物だった。

そんなこともあって、道行く人々の多くは亜夜子《あやこ》と文弥《ふみや》を女子大学生二人組と認識していた。文弥《ふみや》は夜道のリスクを引き下げる為《ため》に亜夜子《あやこ》を迎えに来たのだから、この点を考えればまだ美少年に見られる方が適切だったかもしれない。一人歩きより二人の方が犯罪に巻き込まれにくいという見方がある一方で、一人の美女より二人の美女の方が美味しそうという見方もあるだろう。女性を獲物扱いする野獣のようなクズ男の場合は後者が多いかもしれない。

もっとも、この時に二人を狙っていたのはクズ男の類ではなかった。

「……文弥《ふみや》、気付いている？」

「もちろん」

世間話の顔で訊《たず》ねた亜夜子《あやこ》に、文弥《ふみや》はお座なりな態度で相槌《あいづち》を打った。自分たちへ向けられている視線を分《わ》かり易《やす》く目で辿《たど》ったりはしない。何も気付いていない演技を自然に続けていた。

「達也《たつや》さんを狙っている連中かしら」

「そうだと思うよ」

一見、若い美女の二人連れに見える亜夜子《あやこ》と文弥《ふみや》には、通りを行き交うたくさんの男性から——中には女性からも——放たれた、盗み見る視線や露骨な視線、濁った視線など、様々な視線が数多く突き刺さっている。

しかしそうした邪《よこしま》ではあるが実害は無い視線に惑わされず、二人は明確な害意を懐《いだ》いて自分たちを見ている者たちに気付いていた。

「どうする？　人気《ひとけ》の無い場所に誘導してあげる？」

襲い易《やす》い場所に移動して誘い出すプランを亜夜子《あやこ》は提示した。

「そうだね。こう見物人《ギャラリー》が多いと僕たちも動きにくいし。この辺りに適当な場所はあるかな？」

文弥《ふみや》は亜夜子《あやこ》の答えを待つのではなく、携帯端末を取りだして自分で調べ始める。

「……こういう賑《にぎ》やかな場所には意外に穴場があるものだね」

文弥《ふみや》は端末を片手に、空いている方の手で「こっち」と亜夜子《あやこ》に道を指し示した。

繁華街のメインストリートから二本奥に入った裏通り。小規模なマンションやホテル、常連向けの小さなバーが軒を連ねるその通りには、人影がほとんど無かった。ここが賑《にぎ》わうのは、もっと夜が更《ふ》けてからなのだろう。

二人は文弥《ふみや》が先導する形で、主に宿泊ではなく休憩目的に使われるホテルへ向かった。何度も振り返り背後を窺《うかが》う亜夜子《あやこ》と、辛抱強く彼女にペースを合わせる文弥《ふみや》。如何《いか》にも後ろめたそうな素振りで、二人の足取りは遅々としたものだった。

襲撃する方としては、絶好のシチュエーションだ。害意を孕《はら》んだ視線の主が姿を現したのは、二人の注文どおりだった。

前に二人、後ろに二人。他に姿を見せていない気配が六人分あった。

「な、何ですか、貴男《あなた》たちは！」

文弥《ふみや》が前を遮る二人に向かってアルトの声で叫ぶ。同じオクターブでも男性の声と女性の声は質感が違って聞こえるものだが、この時の文弥《ふみや》の声は違和感の無い女声だった。

「抵抗するなよ」

そう言いながら二人組の片方がジャケットの内側から拳銃を取り出した。

同時に背後から想子《サイオン》のノイズが浴びせられる。キャスト・ジャミングだ。しかしそのノイズは、発生すると同時に消《き》え失《う》せた。

背後でアンティナイトの指輪をはめた手を突き出している男の顔に動揺が走る。

前方の銃を手にしていない方の男が、拳を握った左手を突き出した。その者の指にも、アンティナイトの指輪がはまっている。

だが、キャスト・ジャミングのノイズは発生しなかった。

魔法師を無力化するノイズを消しているのは、亜夜子《あやこ》の魔法［極散《きよくさん》］だ。［極散《きよくさん》］の本来の用法は、光の波や音の波を広大な領域で混ぜ合わせ薄めて無に等しい細波《さざなみ》に変えてしまうというもの。だが［極散《きよくさん》］の対象は光、音だけに限らない。想子波《サイオン》も対象に指定できる。

アンティナイトは想子《サイオン》を注《そそ》ぎ込むだけで魔法の発動を阻害する想子波《サイオン》を発生させる性質を持つ。つまり、想子波《サイオン》に反応する。そして反応を引き出す想子波《サイオン》は、装着者のものでなくても構わない。

微弱な想子波《サイオン》を継続して周囲の空間に放出すれば、微弱なジャミング波が発生する。この原理を利用して、亜夜子《あやこ》は敵がアンティナイトを装備していることを察知していた。

だから亜夜子《あやこ》は物理次元に広がる想子波《サイオン》を対象とする［極散《きよくさん》］を、敵がキャスト・ジャミングを使うのと同時に発動して、逆に封じ込めたのだった。

亜夜子《あやこ》たちを囲んでいる四人の賊は、魔法師ではない。だがキャスト・ジャミングが無効化されたことは感覚的に分かったようだ。動揺を押し殺した顔で——それが分かるのだから動揺を完全に抑え込めてはいない——銃口を文弥に向けて引き金を引こうとする。

だが文弥《ふみや》の方が早かった。彼が左手の小指にはめているシグネットリング（台座が印章の役目をする指輪）から起動式が出力され一瞬で読み込まれる。それとほぼ同時に、前と後ろで拳銃を手にしていた賊が白目を剥《む》いて路上に崩れ落ちた。

再びシグネットリングで起動式が閃《ひらめ》く。

このリングは文弥《ふみや》が愛用しているナックルダスター形態のＣＡＤと同じ、［ダイレクト・ペイン］専用のＣＡＤだ。ナックルダスター形態の物とは違って物理的な殴打《おうだ》の武器としては使えないが、普段から着けていても違和感が無い。

彼がノーモーションで発動した［ダイレクト・ペイン］によって、残る二人も地に伏した。

四人の賊は、呻《うめ》き声を上げることもできずに意識を刈り取られた。

「随分激しく頭を打ったようだけど、大丈夫かしら」

亜夜子《あやこ》が口先だけで心配しているのは、気を失った状態で無防備に倒れた賊のことだ。

「知らない」

文弥《ふみや》は口先だけで気に掛けることすらしなかった。

「そんなことよりこいつら、姉さんを狙っていたね」

「というより文弥《ふみや》には興味が無さそうだったわ」

賊の視線は最初から亜夜子《あやこ》に集中していた。文弥《ふみや》が声を上げたことで、ようやく彼に注意が向いたという感じがした。

「達也《たつや》さんを誘《おび》き出《だ》す為《ため》の人質は一人で良《い》いと考えていたとしても、貴男《あなた》のことを知っていたら警戒はしたはずよね……」

亜夜子《あやこ》が言うように、賊は文弥《ふみや》に対してほとんど無警戒だった。

「こいつらが本当に達也《たつや》さんを狙うマフィア・ブラトヴァのメンバーだとすると……。僕たちは敵の力を過大評価していたのかもしれないね」

文弥《ふみや》のことを調べていれば、警戒しなかったはずはない。そんな素振りが無かったのは、今の彼について十分な調査が行われていなかったからだと解釈できる。黒羽《くろば》文弥《ふみや》がジェンダーレスな格好をして大学に通っているということは陣容が十分に厚ければ容易に分かることだ。

「過大評価と決め付けるのは早計だと思うわ。まだ本隊が到着していないだけかも」

「万全じゃない態勢で仕掛けるのは、それだけでマイナス点が付くよ」

文弥《ふみや》の態度は楽観的と言うより、仕事に対する評価がシビアなのだろう。彼はある意味でマフィア・ブラトヴァと同じ裏稼業《かぎょう》に携わる一家を、近い将来率いていく立場だ。敵に対しても採点が厳しくなるのは、仕方が無いことかもしれない。

「じゃあ敵の態勢が万全でない内に、けりを付けましょう」

「そうだね。僕もそれが良《い》いと思うよ」

今度は、二人の間に意見の不一致は生じなかった。

◇　◇　◇

亜夜子《あやこ》たちを襲った暗殺者の一味は十人のグループだった。文弥《ふみや》が倒したのはその内の四人。しかし、残る六人が亜夜子《あやこ》と文弥《ふみや》に襲い掛かることはなかった。

「――ナッツ、こっちは片付いたぞ」

「こっちも終わった。意外に呆気《あっけ》なかったな」

「お二人とも、お疲れ様です。リッパー、すみませんが生きている人を一人担《かつ》いでくれませんか。クロコさんが訊問《じんもん》したいそうなので」

順に若宮《わかみや》、有希《ゆき》、奈穂《なお》の会話だ。

後詰めに控えていたマフィア一味は、有希《ゆき》のチームが奇襲を掛けて倒していた。

「一人で良《い》いのか？　生きている奴《やつ》はもう一人いるが」

「一人で良《い》いそうですよ。死体は黒服の皆さんが片付けてくれるそうです」

奈穂《なお》の答えに若宮《わかみや》は「そうか」と頷《うなず》いて、気を失っているマフィアを肩に担《かつ》ぎ上《あ》げた。その男は気を失っているだけでなく、両手両足が明らかに折れていた。

その一方で有希《ゆき》は「何だ、一人で良《い》いのか」と呟《つぶや》いて、俯《うつぶ》せに倒れている男の首を勢い良く踏み折った。

「じゃ、ずらかろうぜ」

「そうですね」

何事も無かったように言う有希《ゆき》に、奈穂《なお》はにこやかな笑顔で答えた。

◇◇◇

有希《ゆき》たちと違い文弥《ふみや》は四人とも殺していない。倒したマフィアは配下の黒服に回収させた。文弥《ふみや》たち自身は後始末を部下に任せて自宅のマンションに戻った（なおここでは「マフィア」という単語を本来の意味ではなく、犯罪組織およびその構成員を意味する一般名詞的な意味で使っている）。

マフィアを別の拠点に運んだ黒川《くろかわ》から連絡があった時、文弥《ふみや》は入浴を済ませたばかりで寛《くつろ》いでいるところだった。

『――掛け直した方が良《い》いですか？』

ヴィジホンのカメラを通じて文弥《ふみや》の姿を見た黒川《くろかわ》は遠慮がちにそう言った。文弥《ふみや》がバスローブ姿で髪もまだ湿っている状態だったからだ。

「何を言っているんだ。男同士だぞ。構わないに決まっているだろう。さっさと報告しろ」

確かに文弥《ふみや》が言うように、黒川《くろかわ》が見せた気遣いは男性同士の間では余り必要性が感じられないものだった。

『――そうですね。すみません。思わず動揺してしまいました』

「お前は何を言っているんだ。僕と何年付き合っている？」

『いえ、まったくです。早速ですが、捕らえた連中はマフィア・ブラトヴァの構成員で間違いありませんでした』

「『早速』の使い方が間違ってないか？」

何事も無かったように本題に入った黒川《くろかわ》に文弥《ふみや》のツッコミが入る。

『それで、やつらのアジトですが――』

黒川《くろかわ》は文弥《ふみや》のツッコミを無視した。

ただ敵のアジトについては文弥《ふみや》も待っていた情報なので、追撃は無かった。

「意外に遠いな」

黒川《くろかわ》たちが聞き出したマフィアのアジトは、この調布《ちょうふ》から車で一時間以上掛かる場所にあった。自走車ではなく個型電車《キャビネット》を使えば所要時間は六割程度に短縮できそうだが、殺しの道具を持って公共交通機関を利用するというのはいささか考えにくかった。

「できれば明晩仕掛けたい。明日の夕方までに裏を取ってくれ」

『承りました。襲撃は亜夜子《あやこ》様もご一緒に？』

「僕一人だ。そのつもりで準備してくれ」

『はい、かしこまりました』

ヴィジホンの画面が暗くなった。

それを待っていたように、亜夜子《あやこ》が文弥《ふみや》に話し掛ける。

「私は除《の》け者《もの》なの？」

「分業だよ」

少々意地の悪い質問だったが、文弥《ふみや》は慌てなかった。

「黒川《くろかわ》が聞き出したのは多分、本当の意味のアジトじゃないと思う。少人数の実行部隊が使っているだけの枝葉じゃないかな。ここを僕たち二人が同時に留守にするような案件じゃない」

「本部みたいなアジトはもっと別にあると考えているのね？」

亜夜子《あやこ》の問い掛けに、文弥《ふみや》は「多分ね」と言いながら頷《うなず》いた。口にした言葉は「多分」だが、それとは裏腹に彼は自信がありそうだった。

「遠すぎるから？」

「そうだよ」

文弥《ふみや》は頷《うなず》くだけで、それ以上細かく説明しようとはしなかった。亜夜子《あやこ》も自分と同じ考えだと文弥《ふみや》には分かっていた。

◇◇◇

魔法大学には他の大学に無い特徴として、魔法を自主的に研究する大小様々なサークルがある。メジャーな魔法をテーマにするサークルは会員も多く活発に活動している。逆に使用者が少ないマイナーな魔法を扱うサークルは会員が少なく、活動も低調だ。難解すぎて使える者を見付けるのに苦労するような魔法をテーマに掲げてしまったが為《ため》に、休眠状態から自然消滅の道を辿《たど》るサークルも少なくなかった。

『未確認魔法研究会』もそういう自然消滅候補のサークルだった。それはそうだ。確認されていない魔法がテーマだから、実践的なアプローチは事実上不可能。仮説の検証を積み上げて魔法かどうかも分からない超自然的な現象を理論的に解明しようというのだから、本来は学生の手に負えるレベルではない。志の高さから大学に存続を許されていたが、何時《いつ》の間《ま》にか休眠状態に陥ってしまったのも不思議ではなかった。

ところがである。自然消滅を待つばかりだったはずの未確認魔法研究会は、去年の夏休み明けから活動を再開していた。活動は細々としたものだったが、注目度は高かった。未確認魔法研究会は活動再開に当たり会員がそっくり入れ替わっているのだが、その新しく加わった会員の中に「司波《しば》達也《たつや》」「司波《しば》深雪《みゆき》」の名前があったからだ。

一般の学生に知られていない実態は、達也《たつや》によるサークルの乗っ取りだった。いや、四葉家《よつばけ》による乗っ取りと表現した方が正確だろう。サークルの現会員は四葉家《よつばけ》の関係者ばかり。未確認魔法研究会は、魔法大学における四葉家《よつばけ》の拠点の一つになっていた。

亜夜子《あやこ》と文弥《ふみや》は当然の成り行きでこのサークルに所属している。襲われた日の翌日のランチタイム、文弥《ふみや》はサークル室に来ていた。なお亜夜子《あやこ》は同級生の女子と食堂で親交を深めている。

「——鰐塚《わにづか》、お待たせ」

『すみません。大学にいらっしゃるのは分かっていたんですが、なるべく早くお伝えした方が良《い》いと思いまして』

文弥《ふみや》がサークル室に来たのは鰐塚《わにづか》から着信があったからだ。四葉家《よつばけ》の拠点となっているサークル室なら他聞を憚《はばか》る話もできる。

「聞かせてくれ」

文弥《ふみや》は鰐塚《わにづか》の形式的な謝罪には触れず、本題に入るよう促した。

『昨晩の一味を一人捕らえてアジトについて吐かせました』

そう前置きして鰐塚《わにづか》が告げた場所は、昨晩黒川《くろかわ》が報告してきた地名と一致していた。ただ、一つ違うのは有希《ゆき》のチームが現地を確認済みだったという点だ。

「——ご苦労だったね」

おそらく黒川《くろかわ》の方でも今頃は情報の裏取りが終わっているだろう。これは順序の問題であって、どちらが優れているというものではなかった。

『反撃するのですよね？　ご注意ください』

しかしアジトの所在に続く話は新しい情報だった。

『アジトには強化アサシンやアサシンスケルトンがいるようです』

「強化アサシン？　薬物で強化された暗殺者か？　それにアサシンスケルトン？」

「強化アサシン」も「アサシンスケルトン」も、文弥《ふみや》が初めて聞く言葉だった。

『薬物だけではありません。遺伝子操作で強化された者もいます』

「遺伝子操作による強化兵なら分かるけど、暗殺者？」

『懐《ふところ》具合が厳しい軍が失敗作を払い下げるんですよ』

「武器を横流ししているという話は結構聞くが、兵士まで売るのか……」

『殊更《ことさら》に悪党を気取るつもりはありませんが、金で買えないものはありません。人の命が売買できるんですから』

「命が商品になるなら人が商品になってもおかしくないか……」

文弥《ふみや》が自分に言い聞かせるような口調で呟《つぶや》いた。鰐塚《わにづか》たち民間の職業的暗殺者は、他人の命を金銭で売買するのが仕事だ。その鰐塚《わにづか》たちを部下に抱えている自分が人身売買に、倫理的嫌《けん》悪感《お》ならともかく生理的な拒否感を覚えるのはおかしいと文弥《ふみや》は考えたのだ。

文弥《ふみや》もまだまだ、ナーバスな部分を残した若者だった。

「……それで、アサシンスケルトンというのは？」

『暗殺用の強化外骨格《パワードエグゾスケルトン》です。これも元は軍用品ですね』

「軍用の強化外骨格《パワードエグゾスケルトン》とどう違うんだ？」

文弥《ふみや》の質問は、興味本位のものではない。交戦を想定して、相手の特徴を知っておこうとしているのだった。

『暗殺用ですから隠蔽性を重視して軍の物よりも細く、薄くできています』

「それなら出力は低いな？」

『はい。ただしその分、反応速度は高く設定されています』

「パワーが弱ければ反応速度を上げても手足の腱《けん》を傷めるリスクが低いから？」

『仰《おつしや》るとおりです。それに動作に追随して作動するのではなく、機械義肢に使用されている神経リンクを採用しています』

「……ちょっと待て。機械義肢は失った手足の末端の神経を、義肢を固定するジョイントにつないでいるはずだよな？」

『神経インパルスを伝達する電極を手足にインプラントしているんですよ』

「そこまでするのか……」

文弥《ふみや》は少しショックを受けている様子だった。医療目的以外で機械を人体に埋め込むインプラントは、この世界では一般的ではない。脳波でネットワーク機器を操作するブレインインプラントも、今のところ受《う》け容《い》れられていなかった。

『そのくらいしなければ通常の人間は魔法師に勝てませんから』

「……対魔法師用の装備なのか？」

魔法師を敵視する人間の執念に、文弥《ふみや》は空恐ろしさすら感じた。

『そうですが、それが何か？』

強張《こわば》った文弥《ふみや》の顔と、普段と全く変わらない鰐塚《わにづか》の表情が対照的だった。

「──いや、何でもない。注意点は以上か？」

『いえ、最も注意すべき点は仕込み武器です。機械的な出力が低い代わりに銃やナイフが手足に仕込まれていて、指の動きに連動して作動します。特に銃は、銃口が手足の先にあるとは限りません。肘や膝から銃弾や針が射出される場合もありますので、交戦する際には不自然な指の動きに注意してください』

「参考になった。感謝する。今夜そのアジトに襲撃を掛けるから有希《ゆき》と若宮《わかみや》にも参加するように伝えておいてくれ」

『シェルは外すんですか？』

鰐塚《わにづか》は普段から仲間のことをコードネームで呼んでいる。「シェル」は奈穂《なお》のことだ。

「その判断は任せる。二十一時に現地集合だ」

『かしこまりました』

携帯端末の小さな画面の中で鰐塚《わにづか》が恭《うやうや》しく一礼する。
文弥《ふみや》はそれを見ながら、何も言わず通話を終えた。

◇◇◇

一日のカリキュラムが終了し、文弥《ふみや》は亜夜子《あやこ》と一緒にキャンパスを出た。二人とも、今日は真《ま》っ直《す》ぐ帰る予定だったが校門を出たところで亜夜子《あやこ》が呼び止められた。

亜夜子《あやこ》を待っていたのは、空澤《からさわ》だった。彼は亜夜子《あやこ》に「少し話を聞かせて欲しい」という趣旨のことを、かなり当《あ》たり障《さわ》りの無い言葉に包《くる》んで告げた。遠回しな表現を使っているが、要するに「昨晩のことで事情聴取をさせて欲しい」ということのようだ。

昨晩マフィア・ブラトヴァ一味を返り討ちにした場面は誰にも見られていないはずだ。これは自分だけの思い込みではなく、黒川《くろかわ》を始めとする部下たちも太鼓判を押している。それに昨晩の現場を見られていたとすれば、文弥《ふみや》にも事情聴取の求めがなければおかしい。

空澤《からさわ》の真意を確かめなければならないと考えたのは文弥《ふみや》だけでなく、亜夜子《あやこ》も同じだった。文弥《ふみや》と亜夜子《あやこ》が顔を見合わせる。亜夜子《あやこ》は「私に任せて」と目で伝えていた。

文弥《ふみや》には今夜の準備がある。二人はアイコンタクトで役割分担を決め、文弥《ふみや》は「じゃあ、先に帰るね」と言って亜夜子《あやこ》と別れた。

◇　◇　◇

亜夜子《あやこ》は空澤《からさわ》が運転する自走車の助手席に乗った。五ドア・四輪ニアホイールモーターの小型電動車《EV》だ。

ニアホイールモーターはインホイールモーターの亜種で、タイヤの中にモーターを収納してしまうのではなくタイヤの直近にモーターを配置して短いドライブシャフトで動力を伝える方式。モーターはボディに載せられる。

路面の振動がモーターに直接伝わらず、振動による故障のリスクが減る。これは同時にモーターの重量が路面に直接伝わらないということでもあり、静粛性にも優れる。

またモーターのサイズがタイヤのサイズに制限されない。つまり大型モーターによる高出力化が可能になる。

タイヤの自由度も上がる。例えば高感度アクティブサスペンションとの組み合わせで全樹脂防弾タイヤの採用も可能だ。

以前はニアホイールモーターもインホイールモーターと呼ばれていたが上記のような性質の違いがある為《ため》、今では区別して呼ばれている。

この場合で意味があるのは静粛性だ。走り出した車の中は、声を特に張り上げなくても会話が可能だった。

空澤《からさわ》は自走車を亜夜子《あやこ》の自宅に向けている。だが単に送っていくだけのつもりではないのは明らかだ。そもそも彼は最初から亜夜子《あやこ》に、事情聴取をしたいと目的を明かしている。

喫茶店やレストランはもちろんのこと、警察署内ですら盗聴のリスクがゼロではない。走行中の車内は、このリスクが最も低い場所の一つと言える。

「それで、何をお訊《き》きになりたいのかしら？」

空澤《からさわ》が盗聴を警戒しているのは察していたが、それを噯《おくび》にも出さず亜夜子《あやこ》は世間話の口調で自分から話を切り出した。

「昨晩、何者かに襲われませんでしたか？」

空澤《からさわ》に躊躇《ためら》いは無かった。いささかも口ごもることなく、彼はそう訊《たず》ね返した。

「いいえ」

亜夜子《あやこ》の返事もまた、まるで淀《よど》みがなかった。

「良くない視線が付《つ》き纏《まと》っているのを感じましたので、目眩《めくら》ましの魔法を使って撒《ま》きました。魔法の不正使用で逮捕しますか？」

「逃げただけですか？」

「そうですけど、それが何か？」

空澤《からさわ》が目だけを亜夜子《あやこ》の方へ動かした。自動運転中だから顔ごと向けても問題は無いのだが、運転席に座っている以上は正面を見ていなければならないという遵法精神が骨の髄まで染《し》み込んでいるのだろうか。たとえ横目であろうと、余所見運転《よそみ》に変わりはないのだが。

空澤《からさわ》の、圧力を掛けるには中途半端《ちゅうとはんぱ》な無言の視線に、亜夜子《あやこ》はにこやかな笑みを返した。

彼女はもちろん「余所見《よそみ》運転禁止」などという的外れで野暮なことは言わなかった。

結局、根負けしたのは空澤《からさわ》の方だった。

「……我々が監視していた外国人組織犯罪者の一団が昨晩姿を消しました。おそらく、亜夜子《あやこ》さんが感じた『良くない視線』はそいつらのものです」

「空澤《からさわ》さん、言葉が固いですよ」

「なっ……」

「以前のように話してくださいと、先日申し上げましたでしょう」

小悪魔的な口調で紡《つむ》がれる亜夜子《あやこ》のセリフに、空澤《からさわ》は動揺を隠せずにいた。

「警察省にご出向中だとうかがいましたけど、部署は公安だったのですね」

「何故《なぜ》それを……」

空澤《からさわ》は前方注意義務を忘れて、顔を完全に亜夜子《あやこ》の方へ向けた。

亜夜子《あやこ》は「まあっ」と小声で漏らして、クスッと笑った。

「ご自分で仰《おっしゃ》ったのに。外国人の組織犯罪者を監視していると」

「あっ……」

空澤《からさわ》は迂闊《うかつ》だったと覚《さと》った。刑事警察の犯罪捜査なら、監視ではなく捜査し逮捕する。国内の暴力組織を取り締まるのも刑事警察の仕事だが、外国人組織犯罪者を取り締まるのではなく監視するのは公安警察の仕事だ。

空澤《からさわ》の出向先は警察省の刑事警察部門だった。だが先日植物公園で公安の監視対象になっている達也《たつや》を狙った暗殺者に逮捕という形で関わったことで、この一件が解決するまで公安部門に所属チームごと取り込まれてしまっていた。

「それで、姿を消したのは何処《どこ》の国の人たちなのですか？」

「………………」

「この程度の情報は秘密にもならないと思いますよ」

「……どうせ知っているんだろう？　東シベリア系のロシア人だ」

空澤《からさわ》は観念して口を割った。口調も亜夜子《あやこ》がリクエストした高校生時代のものに戻っていた。

「公安では先月末から四人組のロシアンマフィアを二十四時間態勢で監視していた」

「二十四時間態勢ですか。その者たちは有名な殺し屋だったり？」

冗談めかした口調で言う亜夜子《あやこ》。しかし空澤《からさわ》に「そうだ」と即答されて目を丸くした。

「正確には、殺し屋部隊の先遣隊だ。フランス、ベルギー、デンマークでは、そいつらが姿を見せた直後に要人が暗殺されている」

「何だかその人たち、偵察隊みたいですね。男性なのですか？」

「……何故《なぜ》そんなことを？」

亜夜子《あやこ》の質問を訝《いぶか》しく思った空澤《からさわ》は眉を顰《ひそ》めた。

「暗殺の下準備なら女性の方が向いているのではないかと思いまして」

「ああ……なる程」

確かに行動パターンを調べたり隙を作ったりするのは、女性の方が向いているかもしれない。一理ある、と空澤《からさわ》は思った。だが同時に、昨夜公安の監視対象が消えた件については亜夜子《あやこ》は無関係、とも誤解していた。

「だが全員、男だよ」

「そうなのですね」

白々しさなどまるで感じさせずに亜夜子《あやこ》が相槌《あいづち》を打つ。空澤《からさわ》がまんまと引っ掛かったのは、彼が単純なのかそれとも亜夜子《あやこ》の手管《てくだ》を褒めるべきなのか。

「私はそいつらに狙われていたのでしょうか？　もしかして先日の植物公園で、警察に通報したことが恨みを買ったとか？」

亜夜子《あやこ》は怯《おび》えている様子を見せなかった。空澤《からさわ》は亜夜子《あやこ》の素性を知っているから、ここで震えて見せたりしたらかえって怪しまれただろう。

「幾《いく》ら何でもその程度のことで、と思いたいが……念《ねん》の為《ため》、夜はあまり出歩かない方が良《い》いと思う」

「夜遅くなる時は護衛を呼びますね」

「犯罪行為はさせるなよ……」

「ええ。限度は心得ております」

亜夜子《あやこ》は「法を守らせる」とは言わなかった。

空澤《からさわ》もそれを咎《とが》めなかった。四葉《よつば》家《け》に厳密な法令遵守を求めても意味が無いということを、彼は理解していた。

◇　◇　◇

房総《ぼうそう》半島北部、都心からはかなり離れた所にマフィア・ブラトヴァのアジトはあった。アジトと言っても現地司令部といった性質の物ではない。北日本から密入国した実動要員の補給基地の一つという位置付けだ。

しかしそれだけに、武器は豊富に保管されている。襲撃を受けている側としては無視できない拠点だった。

四月九日、木曜日の二十一時過ぎ。黒羽《くろば》家《け》の襲撃部隊はその拠点を密《ひそ》かに包囲していた。

「あたしらはどうすれば良い？」

指定された時間より少しだけ早く来ていた有希《ゆき》が文弥《ふみや》に訊《たず》ねる。ちなみにこの「少しだけ」

というのは重要なポイントで、早過ぎると敵に気付かれてしまうリスクが高まる。予定前行動が常に善とは限らない、分《わ》かり易《やす》い事例だ。

「有希《ゆき》と若宮《わかみや》は突入要員だ」

「鉄砲玉かよ……」

文弥《ふみや》の答えに有希《ゆき》が呻《うめ》く。

「鉄砲玉？　殺されることが前提の捨て駒の意味で言っているなら違うよ。僕も突入するからね。僕は表口、若宮《わかみや》は裏口、有希《ゆき》は右手の窓からだ」

「なっ……バカかよ！　大将が正面から突っ込むとか何時《いつ》の時代の話だ！」

「正面が危険とは限らない。リスクは何処《どこ》でも同じだよ」

「どうかしてるぜ……」

有希《ゆき》は納得したのではない。呆《あき》れて物が言えなくなったのだった。

「若、突入の配置が完了しました。警備機器も無力化済みです」

そこで黒服から文弥《ふみや》に声が掛かる。

「分かった。行くよ」

文弥《ふみや》は口調を変えてそう告げることで、有希《ゆき》との会話を打ち切った。

マフィア・ブラトヴァのアジトは小規模な工場だった。産業用ロボットの部品を作っている下請け企業の物だ。ただ以前から「犯罪組織のフロント企業ではないか」と噂《うわさ》されている企業でもあった。その噂《うわさ》には、所轄警察署幹部や地元議員との間の贈収賄疑惑もあるという曰《いわ》く付《つ》きの工場だ。犯罪組織の拠点となっても、意外感はまるで無かった。

文弥《ふみや》は工場の正面に移動している。彼は大胆にも表口から殴り込むつもりだった。もっとも今はまだ距離を取って夜の闇に隠れている。対人センサーの有効範囲外だ。

「黒川《くろかわ》、何人いる？」

文弥《ふみや》が色々と言葉を省略した質問で、工場の中にいる敵の人数を訊《たず》ねた。

「九人。全員が殺し屋です」

「バックアップはいないのか。それにしても随分少ないな」

「私たちが昨晩減らしましたからね。元々は警察に捕まっている殺し屋を含めて二十人の拠点でした」

「容《い》れ物《もの》のサイズからして妥当な人数だな。持ち物は分かっているか？」

「大型の銃器は持ち込めなかったようです。ただ九人全員が拳銃で武装しています」

「強化外骨格《パワードエグゾスケルトン》は？」

「アサシンスケルトンのことですか？　それなら二体ですね。一体は杭打《くいう》ち銃を左右の腕に装備。もう一体は両手両足にブレードです。散弾銃やマシンガンはありません」

「一番厄介な飛び道具は無いのか」

「税関や沿岸警備も、幸いそこまで無能ではないようです」

「あいつらの侵入を許した時点で相当無能だけど。――よし、行くぞ」

表口から突入するのは、文弥《ふみや》、黒川《くろかわ》を含めて四人。文弥《ふみや》は右手にナックルダスター形態のCADを、黒川《くろかわ》は右手にダガー、左手に拳銃を構え、残る二人はサブマシンガンのコンパクトモデルで武装している。

サブマシンガンを持つ二人が、正面扉の両脇に張り付いた。

扉の正面に立った文弥《ふみや》が、左手を前に翳《かざ》した。その手首には表面が滑らかな装飾の無い幅広のブレスレットが巻かれている。完全思考操作型のCADだ。

工場の扉が音も無く吹き飛んだ。正確に言えば、扉が吹き飛んだ音は同時に消されていた。言うまでもなく、扉を壊したのもその音を消したのも文弥《ふみや》の魔法だ。彼は精神干渉系統を得意とする魔法師だが、達也《たつや》のように特定の魔法に特化しているわけではない。爆発的な圧力を加えて薄いスチール製の扉を吹き飛ばし、その際に発生した音＝空気の振動を打ち消すくらいのことは、文弥《ふみや》には容易だった。

サブマシンガンを持った二人の部下が工場内に突入する。入り口脇の休憩室で「誰だ!?」という意味の叫びが上がった。ロシア語の叫びだ。大きな窓ガラス越しに二つの人影が見える。

サブマシンガンが火を噴いた。派手な音を立ててガラスが割れ、休憩室の中に銃弾がばら撒《ま》かれる。

だが殺し屋一味の二人は銃弾の雨を浴びながら、すぐには倒れなかった。服に空いた穴から血を流しながら、拳銃で撃ち返してくる。

サブマシンガンを手にする二人の部下も魔法師だ。銃撃戦に備えた対物シールド魔法は発動していた。しかしそれにも拘《かか》わらず、部下の片方が腹に銃弾を受けて倒れる。

間髪を容《い》れず文弥《ふみや》は右拳を突き出した。

休憩室にいた二人の殺し屋は強直性痙攣《けいれん》の発作を起こしたように勢い良く手足を突っ張り、そのまま白目を剝《む》いて倒れた。

「効いたか……」

安堵《あんど》の口調で文弥《ふみや》が呟《つぶや》く。彼は咄嗟《とっさ》に最高強度で「ダイレクト・ペイン」を放ったのだが、銃弾を受けても苦しむ様子が無かった相手に「もしかして効かないのではないか」と懸念《けねん》を懐《いだ》いていたのだ。

「こいつらは筋肉、皮膚、骨格を強化すると同時に痛覚を鈍化させていたのでしょう。幾ら肉体を強化しても、精神は強化できませんよ。苦痛から逃げてしまってはね」

文弥《ふみや》の独り言に黒川《くろかわ》が返した言葉は、励ましのようでも戒めのようでもあった。

「そうだな……」

文弥《ふみや》の声が沈んでいるのは、苦痛で精神を鍛えるというのがどういうことか、間近で実例を見て知っていたからだ。それは称賛すべき、崇敬すべき、憧憬すべき強さだが、同時に歪《いびつ》な強さでもある。それを文弥《ふみや》は理解していた。

「それにしても随分強力な拳銃だと思わないか？」

撃たれて苦しんでいる部下と、その傍《かたわ》らにしゃがみ込んで応急手当《てあて》をしている部下を見下ろしながら文弥《ふみや》が黒川《くろかわ》に意見を求める。

「そうですね。ハイパワーライフル並みの威力がありました」

ハイパワーライフルは対魔法師戦闘を念頭に、防御魔法を貫通して銃撃することを目的とする銃器だ。携行火器の中ではかなり大型の部類になる。

「拳銃であんな威力の銃弾を使ったら、銃身どころか銃全体が破裂しそうなものですが……。特別な素材を使っているのでしょうね」

「対魔法師用の拳銃か」

憂慮が滲《にじ》む声を文弥《ふみや》が漏らす。ハイパワーライフルのような大型の携行銃器はそう簡単に持ち歩けるものではないが、拳銃は違う。この威力の拳銃が広まれば、魔法師にとって大きな脅威となるに違いなかった。

「普及はしないと思いますよ」

黒川《くろかわ》のセリフは文弥《ふみや》の心を読んだものというより、同じ懸念《けねん》を覚えた結果だと思われる。

「特別な素材は例外無く費用も特別です。幾ら魔法師を相手にする為《ため》だと言っても、コスパが悪すぎます。第一、反動がでかすぎて相当無茶な強化をしないと手が耐えられないでしょう」

「油断はできない。現にこうして、実用化例があるのだから」

「それはそうですが、今、考える必要は無いのでは」

壁や天井に反響する断続的な闘争の音に黒川《くろかわ》が注意を促す。

「そうだな」

文弥《ふみや》は頷《うなず》いて、応急手当をしている部下に重傷者を連れて下がるよう命じた。

そして彼自身は、黒川《くろかわ》と共に奥へ進んだ。


若宮《わかみや》は黒羽《くろば》家《け》の戦闘員二名と共に裏口から潜入した。

そこは倉庫だった。棚にはロボットのパーツと思われる成形された金属や樹脂、細々とした電子部品が積まれている。この工場の表向きの仕事は産業用ロボット部品の製造。何もおかしくはない。ただ先入観からか、若宮《わかみや》にはこれらの荷物が暗殺用強化外骨格《アサシンスケルトン》の部品に思えてならなかった。

油断したつもりはなかったが、やはり気を取られていたのだろう。気付いた時には物陰から現れた敵に、同行していた二人は刺され、若宮《わかみや》自身もナイフの間合いに踏み込まれていた。

幸いだったのは敵が銃器を使わなかったことか。その殺し屋の単なる得手不得手ではなく、部品の中に可燃性、あるいは爆発し易《やす》い性質の物があったのかもしれない。

不意打ちということを除いても、若宮《わかみや》にとっては幸運だった。調整体魔法師である彼の得意魔法は恵まれた想子《サイオン》保有量を活《い》かした［遠当て］――［術式解体《グラム・デモリッション》］。それと軍を脱走する前に適性を認められて重点的な指導を受けた［高周波ブレード］だ。彼は国防軍の実験施設で［高周波ブレード］を軸にした近接戦闘術を徹底的に仕込まれた。

暗殺者となった後も、若宮《わかみや》が得意とする戦闘法はナイフを使った格闘戦だ。彼のコードネーム『リッパー』は、元々その戦闘スタイルから付けられた異名だった。

最早《もはや》条件反射の域にまで刷り込まれた滑らかな動作で若宮《わかみや》はナイフを抜いて殺し屋の刃を受け止めた。

若宮《わかみや》のナイフが押し込まれる。彼の相手は生化学措置による強化人間だった。肉体の性能は敵の方が上だ。

だが近接戦闘の技術は若宮《わかみや》の方が上だった。彼は単純に引くのではなく、力の方向をコントロールしながら空いている左手も使って殺し屋のナイフをいなす。殺し屋もそうはさせじと若宮《わかみや》に摑《つか》みかかるが、若宮《わかみや》はその手を払って逆に殺し屋の体勢を崩す。

殺し屋のパワーに仰《の》け反《ぞ》っていた若宮《わかみや》は半歩引いた所で体勢を立て直し、殺し屋は上半身が泳いでいた。

攻守が逆転する。

突くのではなく、圧《お》し斬《き》るのでもなく、撫《な》でるように細かく斬り付ける若宮《わかみや》。

殺し屋は崩れた体勢のまま、若宮《わかみや》の斬撃を自分のナイフで受け止めようとした。

だが深く切り込むでも突き刺すでもなく手数重視でスピーディに繰り出されている若宮《わかみや》の刃は、受け止めるだけでは止まらない。力任せに払《はら》い除《の》けても、力が余って自分の体勢が乱れるだけだった。

不意に殺し屋が大きくよろめいた。刺されて倒れていた文弥《ふみや》の部下の片方が、床に転がったまま殺し屋の足を勢い良く蹴ったのだ。

それまで普通にナイフで戦っていた若宮《わかみや》が、好機を逃さず魔法を発動した。

［高周波ブレード］。

蜂の羽ばたきのような唸《うな》りを上げる若宮《わかみや》のナイフが殺し屋のナイフを根元から切断し、そのまま殺し屋の胸を斬り裂いた。

「――後は任せろ」

文弥《ふみや》の部下は、一人は上体を起こしもう一人は身動《みじろ》ぎ一つできないでいる。その二人に若宮《わかみや》はこう言い残し、彼は一人で倉庫から工場の中に移動した。

側面の窓から侵入した有希《ゆき》は、一番の貧乏籤《びんぼうくじ》を引いた。

既に戦闘が起こっているので隠密性《おんみつせい》に拘《こだわ》る必要は無い。そう判断して窓を可塑性爆薬で破壊し建物内に一人で侵入した有希《ゆき》の前には、分厚い壁と頑丈なドアがあった。

悪い予感を覚えながらドアレバーを押し下げ中に入った有希《ゆき》は、アサシンスケルトンを着込んだ殺し屋と目が合った。

（——ここは調整室か⁉）

有希《ゆき》は心の中で突入の配置を決めた文弥《ふみや》を呪った。部屋の中に置かれた様々な測定器と工具を見れば分かる。ここは強化外骨格《パワードエグゾスケルトン》の整備と調整を行う作業室だった。タイミングが悪いことに、有希《ゆき》は暗殺用強化外骨格《アサシンスケルトン》のメンテナンスが終わったばかりのところに飛び込んでしまったようだ。

（随分華奢《きゃしゃ》な外骨格だな）

冷静な観察と分析は、現実逃避の一種だったのかもしれない。有希《ゆき》は先制攻撃を仕掛けるのではなく、そんなことを考えていた。

（上半身だけなら少し大きめのジャケットで隠せるんじゃないか？　……って、やべっ！）

アサシンスケルトンを着込んだ殺し屋が有希《ゆき》に向かって左手を上げる。民生用外骨格にありがちなぎこちなさとは無縁の滑らかで素早い動きだった。

意識は現実逃避していたが、無意識は戦いを忘れていなかった。いや、意識と無意識と言うよりメインの意識とサブの意識、あるいは自覚のある意識と自覚の無い意識と言うべきかもしれない。

とにかく有希《ゆき》は無自覚に身体強化《フィジカルブースト》を発動して戦いに備えていた。アサシンスケルトンによる攻撃を躱《かわ》せたのは、加速された反射速度があったからだ。

殺し屋の左手から穂先が伸びた。細い杭《くい》、あるいは太い針。そんな形状の穂先を打ち出す機構は、パイルバンカーという表現が一番分かりやすいかもしれない。

パイルバンカーのリーチは短かった。前腕部に収納する形式だから、必然的に手首から肘までの長さが限界になる。もしかしたら躱《かわ》さなくても当たらなかったかもしれない。殺し屋の方も慌てていたのだろう。

お互いにプロの殺し屋らしからぬ幕開けとなったが、そこから先は激戦となった。隠蔽性を重視したアサシンスケルトンの防御力は無いに等しいものだ。だがそのスピードは、サイ能力で加速された有希《ゆき》にそれほど引けは取らなかった。

出力が抑えられているとはいっても、これ程のスピードで動けば普通なら手足の腱《けん》を傷める。骨格にもダメージが及ぶはずだ。アサシンスケルトンを着用して激しい戦闘を行っているこの殺し屋も生体強化措置を受けているのは確実だった。

ただ暗殺者の仕事は通常、一方的で、一瞬で終わるか、そうでなくてもごく短時間のものだ。激しい格闘戦を繰り広げるのは暗殺者本来の戦い方ではない。

アサシンスケルトンは、その名称からも分かるとおり暗殺用のツール。当然、暗殺者の戦い方に最適化されている。

身体強化《フィジカルブースト》を発動した有希《ゆき》のスピードは、アサシンスケルトンの機械的な上限速度に等しい。そのスピードで戦闘を続ければ、ただでさえ隠蔽性優先で重量と厚みを落としているフレームに狂いが生じる。

マフィア・ブラトヴァのアサシンスケルトンは、五分間で限界を迎えた。

相手が有希《ゆき》でなければもっと長い時間戦えたのは間違いない。いや、それ以前に相手が有希《ゆき》でなければ戦いが長引くことはなかった。

正常に動かなくなったアサシンスケルトンは、殺し屋にとって動きの邪魔をする枷《かせ》になった。だからといって自由に脱ぐことはできない。マフィア・ブラトヴァの殺し屋は、黒羽《くろば》文弥《ふみや》の殺し屋である有希《ゆき》が振るう刃によって首を掻《か》き切られた。

有希《ゆき》が工作機械が並ぶ大部屋に足を踏み入れた時、そこには既に三人の殺し屋が——無論、マフィア・ブラトヴァの殺し屋だ——死体となって転がっていた。黒川《くろかわ》が死体の所持品を調べている。多分、自爆用の爆弾や毒ガスの有無を確認しているのだろう。

裏口の方では若宮《わかみや》が拳銃で一対一の銃撃戦を繰り広げている。

そして表口に近い所、文弥《ふみや》の足下にはアサシンスケルトンを装着した殺し屋が転がっていた。壊れた操り人形のように、動き出す気配は微塵《みじん》も無い。おそらく——いや、間違いなく死体だ。

有希《ゆき》に気付いた文弥《ふみや》が振り返る。

「有希《ゆき》、遅かったね」

「十分《じゅっぷん》も掛けちゃいねえよ」

からかう口調で掛けられた言葉に、有希《ゆき》はふて腐れているような表情で応えた。

「苦戦したみたいじゃないか。髪が随分乱れている」

有希《ゆき》は反射的に頭を触った。その直後、苦々しく唇を歪《ゆが》める。あれだけ動いたのだから、戦闘の邪魔にならないよう纏《まと》めていた髪がほつれているのは、確かめなくても分かっていた。髪の乱れを気にする、堅気の女性のような真似《まね》を自分がしてしまったのが有希《ゆき》は忌々《いまいま》しかった。

しかも、文弥《ふみや》に言われてだ。まるで文弥《ふみや》の目を気にしているようで、二重に自分が腹立たしかったのだ。

「文弥《ふみや》は楽勝だったみたいだな」

有希《ゆき》的には仕返しの嫌味。だが客観的には、単なる称賛にしかなっていない。

彼女の言葉は単なる事実だった。彼がアサシンスケルトンで武装した殺し屋を斃《たお》したのは、見ただけで明らかだ。しかし文弥《ふみや》の顔にも衣服にも、苦戦の跡は全く見られなかった。

「いや、あのスピードには面食らったよ」

「……どうせ面食らっただけだろ」

「これでも四葉家《よつばけ》の一員だからね」

事も無げな応えに、有希《ゆき》は返す言葉を思い付けない。「四葉家《よつばけ》の一員」というフレーズには問答無用の説得力があった。

「有希《ゆき》、そろそろ若宮《わかみや》を援護してやってくれ」

隠れる場所を移動しながらの撃ち合いに、若宮《わかみや》は苦労していた。

「あたしに命令しなくても、お前の魔法なら一撃だろ」

有希《ゆき》は憎まれ口を叩《たた》きながら、文弥《ふみや》に命令されたとおり若宮《わかみや》の援護に向かった。

【7】無駄な足掻《あが》き

東京北西部の副都心にあるイタリア料理店。そこそこ高級感があって、観光客向けのグルメガイドにも時々名前が載るその店の一卓に五人の東洋系ロシア人が集《つど》っていた。店には日本人の客もいたが、彼らの外見はその中に、完全に溶け込んでいた。だが彼らの会話を耳にした者がいれば、外国人だということは分かっただろう。しかしロシア人とまでは分からなかったに違いない。

「――では、本題だ。コマンドー第三班《トレース》のアジトが先ほど襲撃を受けた」

「その報告は私も受けている」

彼らが話しているのは、現代《いま》のロシア語ではなかった。彼らが話しているのは中世以前の古い言語だった。

「第三班《トレース》は警察に捕まっている一人を除いて全滅だ」

「本国から侵入させた戦闘員五十六人の内、十九人が脱落したか」

「二十人だ。警察に捕まった奴《やつ》は、顔が割れている。釈放されても帰国させるしかない」

彼らは達也《たつや》暗殺作戦の前線指揮を執る為《ため》に送り込まれた、マフィア・ブラトヴァの幹部たち。幹部と言っても上部組織のギルドと直接つながっている本当の意味の幹部ではなく、作戦指揮の為《ため》に現地に派遣される下級幹部だ。

彼らの持ち駒は護衛を兼ねる直属のコマンドー第一班《ウーヌス》十六名と、攻撃要員の第二班《ドゥオ》および第三班《トレース》各二十名だった。その内の三分の一が、この二日間で失われている。彼らの顔には、隠しきれぬ焦《あせ》りの表情が浮かんでいた。

「簡単な仕事ではないとは思っていたが……想定を超えている」

「決して軽んじたつもりはなかったのだが……。『触れてはならない者たち《アンタッチャブル》』、これ程とは」

「泣き言を言っても始まらない。それより、これからどうする？」

「……増援を呼ぶべきではないか。それから、ターゲットの護衛体制をもっとよく調べるべきだろう」

「甘いのではないか。ここは敵地だ。時間を掛けるのは自殺行為、こちらに対する包囲網が狭まるだけだ」

「私もそう思う。日本に留まる時間が長くなる程、我々の寿命は短くなっていくと考えた方が良《い》い」

「だが具体的にはどうする。ターゲットはあの魔王だ。手下に頼らなければ何もできない政治家や金持ち連中とは違う。普通に仕掛けるだけでは返り討ちに遭うだけだぞ」

「人質を取るのはどうだ？」

「誰を人質にすると言うんだ？　婚約者か？　……無理だ。ターゲットの婚約者はあの四葉家《よつばけ》の直系だぞ。ターゲット以上に手厚く護《まも》られているだろうし、本人も無力ではないだろう」

「ターゲットも一人きりで生きているわけではない。人質になり得る人間は、婚約者だけではあるまい」

「……そうだな」

焦燥一色だった幹部たちの顔に、希望の光が差した。彼らはそれが儚《はかな》い一筋の藁《わら》に過ぎないことを心の奥底では理解していた。だが、それを直視するには精神的に追い詰められていた。

ロシア人の彼らは、日本人の大多数が知っている『蜘蛛《くも》の糸』の残酷な教訓を知らなかった。悪党に差し伸べられた希望は、己の性根一つですぐに切れてしまうという教訓を。

◇　◇　◇

達也《たつや》の暗殺を目論《もくろ》む暗殺団のアジトを潰した翌日も、有希《ゆき》は緑屋——観賞用植物管理業者のスタッフとしてFLT開発第三課棟に出勤していた。

潜入の目的は達也《たつや》を狙う暗殺者の発見と、可能ならばその捕縛。そして確保した殺し屋から、その根拠地を突き止めることだ。

昨夜はまさに、そのアジトを一つ潰した。しかしそれで今回の案件が終わりになったとは思えなかった。密入国した殺し屋も、あれで打ち止めではないだろう。すぐに次が来るはずだ。

有希《ゆき》はそう考えて、疲労が抜けない身体《からだ》に鞭《むち》を打って働いているのだった。

潜入の為《ため》に選んだ緑屋の仕事は意外に重労働だ。裾が大きく広がったフリル付きのエプロンワンピースという可愛《かわい》らしい見た目にも依《よ》らず運動量は多い。鉢の移動には電動アーム付きの台車を使うが、細かい位置調整は機械を使わずに自力で行うことが多いし、しゃがんだり立ったりの頻度も高い。それに何より、歩く距離が長い。屋内を回るだけだが、FLT開発第三課棟勤務の場合、一日当たり五、六キロにはなるだろう。緑屋の制服はエプロンワンピースに合わせてヒールのあるローファーだが、これならスニーカーにすべきだと有希《ゆき》は感じている。

そんな風にカムフラージュの為《ため》の仕事は他のことを気に掛けている暇がない程の忙しさだったが、有希《ゆき》は本来の目的も疎《おろそ》かにしていなかった。

(今日はこっちに来たんだな……。休まなくて良かったぜ)

ホールを歩いている達也《たつや》の姿を吹き抜け回廊から盗み見ながら、彼の周りに不審な人物がいないかどうか辺りを素早く見回す。

有希《ゆき》が一通りチェックし終えて視線を達也《たつや》に戻すと、何故《なぜ》か彼と目が合った。繰り返しになるが、彼女は達也《たつや》のことを盗み見ていた。気付かれないようにしているつもりだった有希《ゆき》は、驚きに一瞬、息を止めてしまう。

達也《たつや》が有希《ゆき》を見ていたのはほんの一、二秒のことだ。しかし有希《ゆき》が呼吸を思い出したのは、その十倍の時間が経過した後だった。

事件が起こったのはランチタイムの少し前に、有希《ゆき》が職員用の休憩室——全自動のコーヒーマシンが備え付けられていて、ちょっとしたカフェになっている——に置かれている鉢植えの手入れをしている時のことだった。

達也《たつや》が休憩室に姿を見せた。

有希《ゆき》の全身が緊張に強張《こわば》る。凍り付くと言うより石化の呪いを受けたような固まり方だった。

達也《たつや》は有希《ゆき》を一瞥《いちべつ》もしなかった。コーヒーマシンの前に立ち、そのまま抽出のボタンを押すのではなく自分で細かな設定を行う。決定のボタンを押した後もマシンの前を離れない。まるで、できあがるのを待ちかねているような姿だ。

思い掛けなく目撃した達也《たつや》の人間的な側面に、有希《ゆき》の体と心から緊張が抜けていく。有希《ゆき》は達也《たつや》のことを血も涙も無い存在だと、心の何処《どこ》かで思っていたのだ。

死神でも悪魔でもない。悪魔は天使や英雄に倒される引き立て役だし、死神は天命に縛られる使いっ走りだ。達也《たつや》はそういう小者とは違う、運命やセオリー、そうした決まり事を踏み倒す、自由で無慈悲な超越者だと心の奥底で思い込んでいた。

だがコーヒーを待つ達也《たつや》はごく普通の青年で、見ようによっては少年的ですらある。

(そういやこいつ、年下なんだよな……)

ほのぼのとした気持ちが心の内から湧き上がり、気が緩んでしまったのも有希《ゆき》的には不可避だった。

(──っ！)

だが不意に訪れた危機感に、有希《ゆき》は一瞬で緊張を取り戻した。達也《たつや》によって引き起こされた、自由を奪われる緊張ではない。臨戦態勢をもたらしてくれる緊張だ。

──敵が、来た。

彼女がそう思うのと、空色のツナギを着た人影が休憩室に飛び込んできたのは、ほとんど同時だった。

「助けて！」

達也《たつや》に向かってそう叫んだ人影は、若い女性だった。

騙《だま》されるな、と有希《ゆき》は心の中で呟《つぶや》く。彼女の直感は、この女が同業者だと告げている。四葉《よつば》家《け》に使われている同業者──殺し屋が、現在進行形で命を狙われている当人に助けを求めるなどあり得ない。つまりこの女は、この女こそが、直感が告げた敵だ。

女が達也《たつや》に向かって駆け寄ろうとする。

有希《ゆき》は「騙《だま》されるな！」と、今度は声に出して叫ぼうとした。

しかし彼女は最初の一音、「だ」を発することもできなかった。

その機会が無かった。

彼女が叫ぶ前に事件の幕は下りていた。

助けを求める声に、達也《たつや》は顔だけで振り返った。いや、振り返ったとは言えない。女の姿を、横目で視界に収めただけだった。

有希《ゆき》の目には、達也《たつや》がいきなり巨大化したように見えた。

巨人が休憩室を丸ごと自分の掌中に収めた――そんな錯覚を、有希《ゆき》は覚えた。

そして、軽い乗り物酔いのような変調を自覚する。深刻なものではない。じっとしていればすぐに収まる程度のものだ。

しかしツナギ姿の女の方は、そうはいかなかった。顔から表情が消え、踏み出した足が体重を支える力を失ったかのように、膝がカクンと折れた。

女はそのまま、前のめりに倒れた。

(［遠当て］……？)

その光景は仲間の若宮《わかみや》が使う［枷《かせ》の遠当て］、運動機能を麻痺《まひ》させる無系統魔法に似ていた。

――威力は段違いに上だが。

(これがこの人の［術式解体《グラム・デモリッシヨン》］か……)

若宮《わかみや》が有希《ゆき》のチームに加わった時、文弥《ふみや》は有希《ゆき》たち四人にそれぞれ課題を出した。その時に有希《ゆき》は文弥《ふみや》が語った、達也《たつや》の［術式解体《グラム・デモリッシヨン》］が持つ規格外の威力について耳にしたことを覚えていた。

床にダイブした女は、受け身を取る素振りも見せなかった。

明らかに、倒れる前の一瞬で意識を失っていた。

顔面から床に突っ込んだのではなく肩から落ちたので、それ程ひどい怪我《けが》はしていないだろう。肩の骨にひびくらいは入っているかもしれないが。

何もさせてもらえなかった女の殺し屋に過去の自分の姿が被《かぶ》って、有希《ゆき》の顔が苦々しく歪《ゆが》む。

「榛《はしばみ》」

その有希《ゆき》に達也《たつや》が淡白な声を掛けた。

有希《ゆき》は自分が呼ばれたと、すぐには気付かなかった。敵の殺し屋に気を取られていた所為《せい》でもあるが、苗字《みょうじ》で呼ばれるのに慣れていなかったのだ。

「――榛《はしばみ》有希《ゆき》」

再び達也《たつや》が有希《ゆき》に声を掛ける。今度の声音は淡白ではなかった。「呆《あき》れ」という色が乗っていた。

フルネームで呼ばれたら、さすがに気付く。有希《ゆき》はビクッと身体《からだ》を震わせた。

「な、何だよ」

かつて彼女の心の奥底に刻印された絶望そのものを伴う恐怖は、苦手意識となって表層意識に刷り込まれている。達也《たつや》に名前を呼ばれるだけで、有希《ゆき》は逃げ出したくなる気持ちに全力で抗《あらが》わなければならなかった。

「その女の処分はお前たちに任せる。地下駐車場まで運んでおいてやるから、仲間に連絡して取りに来させろ」

欠片《かけら》の遠慮も無い命令口調。

だが有希《ゆき》は、反感を覚えなかった。――覚えることができなかった。

「り、了解だ」

彼女は、声の震えを抑えるだけで精一杯だった。

達也《たつや》は無言で小さく頷《うなず》き、構内無線機《インカム》を取り出して警備員を呼び出した。

彼はもう、有希《ゆき》に意識を向けていなかった。

◇　◇　◇

ＦＬＴで捕らえた殺し屋の訊問《じんもん》結果を有希《ゆき》が鰐塚《わにづか》から聞いたのは、翌日の朝のことだった。

なお緑屋の仕事があるので、有希《ゆき》はこのところ常識的な時間に起きている。

「……昨日の一件はあの女の先走りだった？」

ヴィジホンの画面の中の鰐塚《わにづか》に、有希《ゆき》は呆《あき》れ声で問い返した。

『昨日は下調べの目的で潜入していたようですね。社内情報システムに侵入している最中に、警備員ではない何者かに見付かって逃げた先に偶々《たまたま》あの人がいた、という経緯だったそうです。それで――』

「ちょっと待て。その『何者か』って何なんだ」

新たな説明を続けようとした鰐塚《わにづか》のセリフを遮って有希《ゆき》がツッコむ。

『何でも、顔を隠していないのに顔が分からない。大柄なのか小柄なのかも分からない。青年なのか老人なのかも分からなかったそうで』

「……何だそりゃ？」

『多分、あの人の個人的な「影」じゃないですか』

「いや、『影』ってお前な……」

今でも忍者ものの ドラマでは忍者を指して「影」という呼び方が良く使われる。だがあれはフィクションの中のお約束だ。現実の忍者である有希《ゆき》にとっては、自分たちがドラマやコミックの中で描かれている格好良い忍者と同一視されているようで気恥ずかしい呼び方だった。

もっとも鰐塚《わにづか》は「影」が忍者のことだとは、一言も口にしていないのだが。

『その何者かの正体は特に問題ではありません』

「そりゃまあ、そうかもしれないが……」

鰐塚《わにづか》はやや強引に話を本題に戻した。

『あの女が調べていたのは、あの人の父親のスケジュールです』

「あの人の父親？　確か……ＦＬＴの重役だったな」

『ええ。本社のお偉いさんですね。ＦＬＴの大株主でもあります』

「……もしかして人質に取ろうなんて考えてんのか？」

『どうやら、そうみたいですよ』

「無駄なことを……」

有希《ゆき》は先程以上の呆《あき》れ顔《がお》になった。達也《たつや》を相手に人質が効くとは、全く思えなかった。

だが良く考えてみれば、達也《たつや》を暗殺するという企《たくら》み自体に無理があるのだ。無意味な行為に無意味な計画を重ねても、今更愚かしさは変わらない。

「ご苦労なこった」

『とは言え実際に人質を取られたら、何もしないわけにもいかないでしょうね』

「もしかしてあたしたちにお鉢が回ってくる……？」

『その可能性は十分にあるかと』

鰐塚《わにづか》の答えを聞いて、有希《ゆき》はげんなりした顔になった。

◇◇◇

今日は土曜日だが、魔法大学は休みではない。講義は午前中で終わったが、亜夜子《あやこ》はその後同じ新入生の女子学生に誘われて普通のサークルを見学して回っていた為《ため》、キャンパスを出た時にはもう夕方になっていた。

「随分熱い視線を向けられているわね」

文弥《ふみや》と合流した魔法大学の帰り道。亜夜子《あやこ》は弟の耳元に唇を寄せて、歌うような口調で――句点の代わりに「♪」が付されているような口調で――楽しそうに囁《ささや》いた。彼女は明らかに面白がっていた。

「姉さんが見られているんじゃないの」

対照的にぶっきらぼうな言い方で応える文弥《ふみや》。

「自分でも分かっているくせに」

亜夜子《あやこ》の歌うような口調は変わらない。

文弥《ふみや》は分《わ》かり易《やす》くため息を吐いた。

「マフィアの連中だろ」

一々「マフィア・ブラトヴァ」と言うのが面倒になったのだろう。文弥《ふみや》は敵対中の組織の名称を一般的な形に省略した。

「狙われているのは姉さんのはずだけど」

「分かっているくせに」

亜夜子《あやこ》はますます楽しそうに、同じセリフを繰り返す。

文弥《ふみや》もため息を繰り返した。

ただし彼の場合は先程とニュアンスが違う。白旗のため息だ。

「そんなに僕は弱そうに見えるかな？」

それは、自分が狙われていると認めるセリフだった。

先日、亜夜子《あやこ》を攫《さら》おうとして失敗したから、今度は文弥《ふみや》に狙いを変えたのだろう。文弥《ふみや》も亜《あ》夜子《やこ》も、昨日から纏《まと》わり付《つ》く視線の意味をそう理解していた。

「悪いことじゃないと思うわよ。相手が油断してくれるのだから」

文弥《ふみや》が三度目のため息を吐く。今日一番の深いため息だった。

「でも何処《どこ》で目を付けられたんだろ」

「達也《たつや》さんと一緒にいるところを見られているからじゃない？　それとも、いつも私と一緒にいるからかしら？」

「姉さんのとばっちりだったら嫌だな……」

「鴨《かも》が向こうから寄ってきてくれるんだから、むしろ喜ばなきゃ」

「寄ってこられるのは嫌なんだよ。自分から行く方が良《い》い」

他人に聞かれたら逆ナンを話し合っている女子学生の会話と誤解されそうなセリフだ。文弥《ふみや》には、そんなつもりは一切無かったが。

「それで、もう一組の方はどうする？」

二人を監視している視線は、マフィアのものだけではなかった。

「見知った顔も交じっているようだけど」

もう一組の方には最近何かと縁がある、空澤《からさわ》刑事が交じっていた。

「そうねぇ……」

亜夜子《あやこ》は顎に人差し指を当てて少しだけ考え込んだ後、

「別行動しましょうか」

こう提案した。

「具体的には？」

「文弥《ふみや》は適当にあいつらを誘い出して。私は陰から援護するわ」

大雑把な説明だったが、そこは生まれた時から一緒の双子。黒羽家《くろばけ》の仕事でもずっとパートナーを組んできた間柄。それだけで文弥《ふみや》は亜夜子《あやこ》の意図を理解した。

「だったらあまり治安が良くないところが良《い》いね……。新宿《しんじゆく》、いや、池袋《いけぶくろ》にしようか」

新宿《しんじゆく》も池袋《いけぶくろ》も無法地帯という程ではない。戦後の再開発で治安はむしろ改善している。ただ数も種類も多くの人が集まる場所は揉《も》め事《ごと》も増える。これはもう、どうしようもないことだ。

「池袋《いけぶくろ》ね。了解。……男の人にナンパされても付いていっちゃ駄目よ」

「誰が行くか！」

笑いながら注意する亜夜子《あやこ》に、文弥《ふみや》は真顔で言い返した。

文弥《ふみや》と亜夜子《あやこ》は池袋《いけぶくろ》駅で別れた。

亜夜子《あやこ》は彼女の護衛兼側近の伴野《ともの》涼《すず》と合流して駅ビルのレストラン街へ。

文弥《ふみや》は駅を出て、様々な業種の店舗や娯楽施設が並ぶ通りへ足を向けた。

◇　◇　◇

文弥《ふみや》と亜夜子《あやこ》が別行動を取ったことで、二人を囮《おとり》にするつもりで見張っていた警察も二手に分かれた。と言っても警察も人が余るほど潤沢というわけではなく、二人一組の一チームが見張っていただけだ。文弥《ふみや》と亜夜子《あやこ》に一人ずつ。空澤《からさわ》は文弥《ふみや》を尾行することになった。

(彼は……男だよな?)

空澤《からさわ》は文弥《ふみや》に会ったことがある。個人情報の資料も見ている。どちらにおいても、間違いなく男性だった。だが、通りを進む後ろ姿は男子学生とも女子学生とも取れるものだった。いや、予備知識が無ければ女子大学生だと勘違いした可能性が高いと空澤《からさわ》は思った。

男性と女性では歩き方が違う。下半身の骨格の違いは足運びに表れる。文弥《ふみや》の歩く姿は明らかに女性のものだった。大袈裟《おおげさ》に腰を振ったりはしていないが、態《わざ》とらしさの無いところが余計に完成度を高めていた。

映画でも見に行くつもりなのか、シネマコンプレックスのビルが複数並んでいるエリアに文《ふみ》弥《や》は足を向けた。この辺りはアルコールメインの飲食店、所謂《いわゆる》大衆酒場も多い。女性の独り歩きには向かない時間帯だ。

（一人で大丈夫なのか……？）

（——って、違う！）

脳裏に浮かんだ懸念《けねん》を、空澤《からさわ》は慌てて打ち消した。文弥《ふみや》のことを自分がすっかり女性扱いしていることに、彼はショックを覚えた。

現在のシネコンは八、九十年前の物とは形態がかなり異なる。伝統的な大型スクリーンで多くの観客が同じ作品を鑑賞する劇場、作品は同じでも一般家庭では設置不可能な高性能ＶＲ機器を備えたカプセル型の個室、少人数で飲食しながら好きな映画を楽しむオンデマンドルームなど、今では色々な上映方法の映画館がある。一つのビルで全てのサービスを網羅する混合タイプのシネコンもあれば、一つの形式に特化した専門タイプのシネコンもあった。

文弥《ふみや》が選んだのは混合タイプのビルだった。大型スクリーンの劇場ならば尾行もやりやすいが……、と思いながら、空澤《からさわ》は距離を取って文弥《ふみや》の後に続いた。

◇　◇　◇

文弥《ふみや》が選んだのは伝統タイプ、大型スクリーンの劇場だった。別に見たい映画があったのではなく、尾行を引き付けるのに最も都合が良《い》いからだ。

（……うん、付いてきているな）

手を出させるならオンデマンドルームやカプセルルームの方が適している。だが文弥《ふみや》はここで騒ぎを起こすつもりは無かった。伝統タイプを選んだのは尾行しているマフィアを炙《あぶ》り出す為《ため》だ。

言うまでもないが、文弥《ふみや》は一人に見えて一人ではない。彼に与えられた部下の中で、隠密《おんみつ》行動に優れたメンバーが常時周囲の警戒に当たっている。普段は二、三人だが、今は抗争中ということもあって何時《いつ》もの倍の人数が文弥《ふみや》を見守っている。なお、亜夜子《あやこ》に付いている者はさらに多い。

彼らが文弥《ふみや》に付き纏《まと》っている一味の外見をしっかり押さえているはずだ。仮に今日仕掛けてこなくても、身柄はすぐに調べられるだろう。

文弥《ふみや》自身は気付いていないふりをしていたから、気配を探るに留《とど》めて目は向けなかった。それでも人数は分かった。館内に入ってきた者は二人。外で待っていた者が二人。合計四人だ。

どういう相手か想像しようとして、文弥《ふみや》はクスッと笑いを漏らした。気配の印象からして、中まで入ってきた二人は三十歳前後の男性だろうと思われる。そんないい年をした男が、どんな顔をしてあのスクリーンの前に座ったのか。

彼が選んだのは一時間余りの小品だ。非現実的な夢と希望が詰め込まれ、少しだけビターな味付けが加わったハッピーエンドの、若い女性向けの恋愛物。

館内は見事に女性だらけ。それも女子高校生、女子大学生の年代が三分の二を占めていた。

隣にデートの相手がいる男性でさえも肩身が狭そうだった。文弥《ふみや》も今日のようなジェンダーレスファッションでなければ、入るのを躊躇《ちゅうちょ》したかもしれない。

（刑事さんには気の毒だったかな）

文弥《ふみや》の笑みが暗い色彩を帯びる。黒い笑みになった、とも表現できる。

自分はシスコンではない、と文弥《ふみや》は思っている。いや、自分のことをシスコンだなどとは夢にも思っていない、と言うべきか。

しかしそれは、自分では気が付いていないだけかもしれない。

亜夜子《あやこ》が空澤《からさわ》のことを話す時の笑顔を見ると、文弥《ふみや》の心の中にモヤモヤとしたものが湧き上がる。空澤《からさわ》のことが話題に上る回数がまだ少ないので、文弥《ふみや》はまだその黒雲と亜夜子《あやこ》の笑顔を関連付けていない。だが彼の深層心理は自分の心を曇らせているのが何か、理解していた。その上で、空澤《からさわ》に対するちょっとした嫌がらせに暗い喜びを覚えていた。

文弥《ふみや》は携帯端末を一瞥《いちべつ》して、ビルの出口に向かった。端末に表示されていたのは、予定の仕込みが完了したことを報《しら》せる亜夜子《あやこ》からの通知だった。

シネコンからほんの少し歩いた所に、都会のど真ん中にしてはそこそこ広い公園がある。時々野外イベントなども行われているその公園は若者向けの大衆酒場に囲まれている。その所為《せい》というわけでもないだろうが、少々羽目を外した真似《まね》も許されるような雰囲気があった。

しかしこの街は無法地帯ではない。この辺りは歓楽街とすら言えない。そんなロケーションの公園で勝手気儘《きまま》に振る舞う者が増えれば、その一方で正義感に燃えて自治活動に乗り出す集団が結成されるのも良くある話だ。実際に、この地区の大学生や近隣で働く若い労働者をメンバーとする自警団が結成されている。

当然、羽目を外した自由な若者と自警団の間ではトラブルが発生する。それも、日常的に。

そうしたトラブルが多発する公園のベンチで、文弥《ふみや》はテイクアウトのコーヒーを呑気《のんき》に飲んでいた。

まだ宵の口とはいえ夜は夜だ。辺りは暗く――はないが、昼の自然光とは違い人工の光には隙間があってそこには闇が蟠《わだかま》っている。

ここは明るい時間帯でさえ、若い女性が一人でいるとナンパ待ちと勘違いされるような場所だ。今の文弥《ふみや》に声を掛ける男性がいても、それほど不自然ではない。アラサーの男性が女子大学生をナンパしても、ギリギリセーフだと思われる。

人質に取る為《ため》に彼を拉致しようと目論《もくろ》んでいたマフィア・ブラトヴァの殺し屋たちも、チャンスだと考えたようだ。

「――人を待っていますので」

「いいから一緒に来い」

「嫌です！　離してください！」

殺し屋に腕を摑《つか》まれて引きずり立たされた文弥《ふみや》はもがきながら涙声で叫んだ。彼は女性変装歴が長い。嘘泣《うそな》きくらい、お手の物だ。またその経験から中途半端《ちゅうとはんぱ》に恥ずかしがると、余計に恥ずかしい思いをすると理解していた。

彼が強引に連れて行かれようとしている場面を、尾行を続けてきた空澤《からさわ》刑事も見ている。彼の困惑はますます深まっていた。

(彼は男、だった……よな？)

摑《つか》まれた腕を必死に振《ふ》り解《ほど》こうとしている――ように見える――文弥《ふみや》の姿は、男に絡《から》まれて困っている女子学生にしか見えなかった。

その困惑が空澤《からさわ》の出足を鈍らせた。

「何をしている！　嫌がっているじゃないか！」

文弥《ふみや》の許《もと》に駆け付けたのは男性三人、女性一人の若い四人組。左腕に揃《そろ》いの腕章を巻いている。池袋《いけぶくろ》で活動している、大手自警団のメンバーだ。

殺し屋と自警団の間で揉《も》み合《あ》いになる。自警団の男性三人が殺し屋二人に対して壁になり、女性の自警団員が文弥《ふみや》を殺し屋から引き剝がした。

この殺し屋たちはロシアから送り込まれたプロで、チンピラではない。彼らから見れば自警団は単なる素人《しろうと》集団で、その気になれば簡単に息の根を止められる。だからかえって、戸惑っていた。チンピラと違って、プロの彼らは無用の騒ぎを好まない。

「行きなさい。ここから離れるのよ！」

自警団員の女性が文弥《ふみや》に向かって叫んだ。本当に危険な状態にあるのは自分の方だと、彼女は分かっていない。

「は、はい！　ありがとうございます！」

文弥《ふみや》はそれを理解していて、何の躊躇《ためら》いも無く逃げた。

その光景を見て、空澤《からさわ》は呆気《あっけ》に取《と》られた。「呆《あき》れて物も言えない」気分だった。

だが彼が呆然《ぼうぜん》としていたのは一秒未満のことだった。

空澤《からさわ》も殺し屋の数は把握していた。シネコンビルを出る時に別れた、ここにいない二人の動向も気になる。

それに彼が命じられているのは、黒羽《くろば》家《け》の姉弟を囮《おとり》にして密入国したロシア人犯罪組織の根拠地を突き止めることだ。――空澤《からさわ》が所属している班は、マフィア・ブラトヴァの詳細を教えられていない。ただロシアンマフィアとだけ聞かされている。

公安の上司から与えられた彼の任務は殺し屋の逮捕ではない。民間人の保護でもない。

しかし与えられた命令に背くことになっても、空澤《からさわ》には目の前の善良な若者を見捨てられなかった。

「――警察だ！　大人しくしろ！」

殺し屋が懐《ふところ》に手を入れようとしているのを察知して、空澤《からさわ》は怒鳴った。

殺し屋と自警団が同時に、空澤《からさわ》へと振り向く。

自警団の青年たちの顔は焦《あせ》りで引《ひ》き攣《つ》っている。

一方、殺し屋二人の右手はジャケットの内側、左脇に吸い込まれていた。

既に駆け出していた空澤《からさわ》は、舗装されている路面を力強く蹴った。

空澤《からさわ》が宙を駆ける。

彼と殺し屋の距離は十メートル以上あった。間には車止めの防護柵もあった。

だが瞬《またた》く間《ま》に——瞬《まばた》き一つの時間が経過した後、空澤《からさわ》は殺し屋のすぐ前に立っていた。

殺し屋が懐《ふところ》から拳銃を抜く。

空澤《からさわ》が右手の指を弾いた。何かを弾《はじ》き飛《と》ばす動作だ。

殺し屋が狙いを付ける前に、その肩口で小さな爆発が起こった。腕を吹き飛ばす程の規模ではない。だが二人の殺し屋が拳銃を手放すには十分な威力だった。

今更のように、公園に居合わせた人々の間から悲鳴が上がる。

自警団の青年は背中を向けて逃げ出した。これは、空澤《からさわ》にとってはありがたいことだった。

変に英雄精神を発揮されても邪魔にしかならない。

殺し屋がしゃがみ込んで拳銃を拾おうとする。

空澤《からさわ》が再び指を弾く。

拳銃へと伸ばした殺し屋の腕で新たな爆発が起こる。

空澤《からさわ》が弾《はじ》き飛《と》ばしているのは植物公園で使った黒色火薬ではなく、小さく丸めた可塑性爆薬だった。起爆装置の無い爆薬を燃焼ではなく爆発させているのは、言うまでもなく彼の魔法だ。空澤《からさわ》は「忍術使い」に分類される古式魔法師で、家伝の魔法は高速移動と火薬の操作。先祖は狭義《きょうぎ》の火薬しか扱えなかったが、爆薬が普及するとそれにも適応した。

彼は、何も無い所に爆発を起こす魔法は使えない。爆発物であっても、例えばガソリンやLPGをタンクに入った状態で爆発させることはできない。空澤《からさわ》が操作できるのはあくまでも火薬と爆薬だ。

それも、あらかじめ触れておく必要がある。手でなくても身体《からだ》の何処《どこ》かで接触していればその条件を満たすし、直接皮膚で触れる必要も無い。何なら靴底で踏み付けるだけでも魔法で爆発させられる。しかし一度も触れていない火薬・爆薬には、それがすぐ目の前にあったとしても彼の魔法は及ばない。例えば銃の発射薬《ガンパウダー》も魔法の対象になり得るが、至近距離で突き付けられている銃を暴発させるような真似《まね》はできない。

使い勝手の良《い》い魔法とは言い難い。しかし敵にしてみれば時限装置も起爆装置も無い所で突如爆発が起こるのだ。奇襲による攪乱《かくらん》効果は大きい。

現に二人の殺し屋は動揺で動きが鈍っていた。爆発の威力が反撃能力を封じるほどのものではなかったにも拘《かか》わらず、殺し屋はナイフを抜くでもなければ、殴り掛かってこようとも組み付いてこようともしなかった。

その隙を、空澤《からさわ》は見逃さなかった。相手が態勢を立て直す前に、彼は二人の殺し屋を神速のハイキックで蹴り倒した。

高速走行の魔法は自分に作用する重力と慣性に干渉するだけでなく、自分の身体《からだ》も操作する。幾ら重力と慣性の負荷が減っても、足の回転が変わらなければ人外の速度は出せない。現代魔法の自己加速魔法より効率は落ちるが、空澤《からさわ》が受け継いだ魔法には足と、それに連動する身体《からだ》の動きを速める技術も含まれていた。

この二人の殺し屋も強化人間だったが、魔法で加速した蹴りでこめかみを直撃されては意識をまともに保てなかった。

◇　◇　◇

文弥《ふみや》を尾行していた殺し屋は四人。だがそれが全員ではなかった。

誘拐するには、連れ去る為《ため》の自走車が必要だ。その為《ため》の車は当然待機させてあった。公園で逃げられても残る二人が連係して文弥《ふみや》の逃げ道を塞ぎ、待機している車に追い込む。それがマフィア・ブラトヴァ一味の作戦だった。

そして連れ去る為《ため》の自走車の存在は、文弥《ふみや》たちも予測していた。

『文弥《ふみや》、仕掛けは済んだわよ』

都会の人混みの中でも不自然にならない程度の速さで走って逃げる文弥《ふみや》の耳に、亜夜子《あやこ》の声が届いた。魔法ではなく、耳に着けたまま髪で隠していた通信機から聞こえている声だ。

「了解」

文弥《ふみや》は呟《つぶや》くような小声で応えを返す。首に巻いたチョーカーが喉の振動を音声に換えて伝えるので声を張り上げる必要は無い。

『駅の反対側の、タクシー乗り場で待っているわ』

「すぐに行くよ」

文弥《ふみや》は立ち止まり、通話を切った。

そして、その場で振り返る。

彼を追っていたマフィア・ブラトヴァのロシア人——東アジア民族の外見を持つ非スラブ系ロシア人が、立ち止まって意外感を露《あら》わにしていた。

文弥《ふみや》がそのロシア人に向かって歩き出す。

ロシア人の意外感は、驚きと狼狽《ろうばい》に変わった。彼の目に映る文弥《ふみや》の姿は、つい先程までとは別人だった。

「お前、女じゃなかったのか……！」

殺し屋一味のロシア人の口から漏れた言葉は、彼の母国語だった。今、この道を歩いている人々の中にロシア語を理解できた者はいなかった。——文弥《ふみや》を除いては。

「僕のことは調べたんじゃなかったの？」

ただ文弥《ふみや》はまだ、聞き取りだけで話すことはできない。まあ仮に話せたとしても、態々《わざわざ》相手に合わせる気は無かったが。

ロシア人が大きく目を見開いた。その殺し屋は、慌てて右手をジャケットの内側へ、左脇のショルダーホルスターへと伸ばした。

文弥《ふみや》は「ニッ」と笑った。その笑みは顔の造作以上に美しく、妖しく、残酷な印象を殺し屋に与えた。彼の顔は標準を超えて整っているが、深雪《みゆき》や光宣《みのる》には遠く及ばない。だがこの時の笑顔は、二人に共通する非人間性があった。

文弥《ふみや》の左手小指で、シグネットリングが想子光《サイオン》を放った。魔法的な知覚を持たぬ者には見えない、非物理の光。

文弥《ふみや》が笑みを消し、再び踵《きびす》を返《かえ》した。

同時に二人のロシア人が路上に倒れる。

背後で起こった騒ぎを無視して、文弥《ふみや》は駅の反対側に向かった。

人混みに紛れた彼の姿は、若くて無力で魅力的な女子学生にしか見えなかった。

◇　◇　◇

「文弥《ふみや》、悪いニュースよ」

文弥《ふみや》が自走車に乗り込むなり、亜夜子《あやこ》はそう切り出した。

「何があったの？」

悪いニュースと言いながら、亜夜子《あやこ》の口調には切迫感が無い。文弥《ふみや》が問い返す声にも真剣味が乏しかった。

「達也《たつや》さんのお父様が人質になっているわ」

「――はぁ!?」

しかしニュースの内容には、文弥《ふみや》の平常心を奪うインパクトがあった。

【8】一段落

その日、司波龍郎《しばたつろう》はFLTの東埼玉《さいたま》工場を視察に訪れた。トーラス・シルバーの登場により世界的なCADメーカーとして確固たる地位を築いたFLTだが、元々は優秀な魔法工学部品を生産する企業として知られていた。旧埼玉《さいたま》県南東部にある東埼玉《さいたま》工場は、この魔法工学部品の主力工場だ。

FLTに限ったことではなく、高度に自動化が進んだ工場は土日に関係なく稼働《かどう》している。従業員は交替勤務制だ。

龍郎《たつろう》は現在、FLTの生産部門統括役員であり、二年後には常務昇進が確実視されている。彼はFLTの筆頭株主で何時《いつ》社長に就任してもおかしくない。龍郎《たつろう》がFLTの真のオーナーである四葉家《よつばけ》当主・四葉真夜《よつばまや》に支持されていないという裏の事情を知らない平役員や管理職は、彼に擦り寄り阿《おもね》る者が多かった。故に、視察の後に接待の席が設けられたのは自然な成り行きだった。

事件は工場から接待の料亭に移動する路上で起こった。自走車が襲撃され、龍郎《たつろう》が賊に拉致されたのだ。

ただ幾ら龍郎《たつろう》本人が本家に疎《うと》まれているとはいえ、FLTは四葉家《よつばけ》のファミリー企業。事件発生後の対応は速かった。

すぐに警察が出動し、龍郎《たつろう》を攫《さら》った誘拐犯の車輌《しゃりょう》は自分たちのアジトにたどり着けず、再開発予定のショッピングセンター《SC》に逃げ込まなければならなかった。

ここは開業当初、国内最大級のSCとして話題になったが、開業から一世紀近くが経過し改装が限界に達した為《ため》に全面再開発が決まり現在は閉鎖されている。その取り壊し前の建物に、誘拐犯は龍郎《たつろう》を連れて立てこもったのだった。

「——誘拐発生が今から約三十分前。SCに逃げ込んだのが約十五分前のことよ」

「……もしかしてこれもやつ、ら、の仕業？」

「ええ」

亜夜子《あやこ》の答えは訊《たず》ねた文弥《ふみや》が訝《いぶか》しく思う程、断定的だった。

「……三十分前の事件なんでしょ？　幾ら何でも分かるのが早過ぎない？」

「誘拐事件発生の直後に、奈穂《なお》ちゃんから報告があったのよ」

「奈穂《なお》から？」

亜夜子《あやこ》の答えは予想外のもので、文弥《ふみや》はさらに首を傾《かし》げた。

「昨日、町田《まちだ》のFLTでちょっとした事件があったのは知っているでしょ？」

「うん。達也《たつや》さんが女の暗殺者を取り押さえた件だろ」

「その女性暗殺者を訊問《じんもん》して達也《たつや》さんのお父様が狙われているらしいと分かったんですって」

「……その報告、僕のところには上がってきていないけど」

有希《ゆき》のチームは黒羽《くろば》家の部下というより文弥《ふみや》の部下だ。重要な情報があれば、まず文弥《ふみや》に一報あるのが確かに筋と言える。

「訊問《じんもん》結果があやふやな話だったから、もう少し裏を取ってから報告したかったそうよ。重要度はそんなに高くないという判断は間違っていないと思うわ」

「それは、そうかも……いや、そうだね」

龍郎《たつろう》が達也《たつや》のことを軽んじていたばかりか、深雪《みゆき》の気持ちすら蔑《ないがし》ろにしていたことを亜夜子《あやこ》も文弥《ふみや》も知っている。それ故に二人は龍郎《たつろう》に対して良い感情を持っていない。むしろ嫌悪《けんお》感を懐《いだ》いている。達也《たつや》の身内だから最終的に見捨てることはしないつもりだが、積極的に助けたいと思わないのも、紛れもない二人の本音だった。

「それで達也《たつや》さんと深雪《みゆき》さんには？」

「お伝えしているわ。本家の対応にお任せするのですって」

「そうなんだ」

「既に警察が対応しているから達也《たつや》さんが本心でどう思われていても、お力を振るって解決というのは難しいと思うわ」

幸い、龍郎《たつろう》を送迎していた者の間に犠牲者も出ていない。もしまだ警察沙汰になっていなければ犯人を消してしまうことで、達也《たつや》は容易に事件を無かったことにできる。

だが既に事件は警察の認識するところとなっている。この段階で誘拐犯一味が不自然に消《き》え失《う》せたら、魔法による殺人を疑われてしまうだろう。それは達也《たつや》にとっても四葉家《よつばけ》にとっても、無視できないリスクだ。

「仮に警察が対応する前だとしても、深雪《みゆき》さんが望まない限り達也《たつや》さんは手を出さないだろうね……」

文弥《ふみや》が自走車のシートで考え込む。深雪《みゆき》の名前を出したことで亜夜子《あやこ》の表情が消えたことに、彼は気付いていなかった。

「……よし。有希《ゆき》のチームに対応させよう」

「有希《ゆき》さんたちに？」

文弥《ふみや》の決断は亜夜子《あやこ》が思いも寄らないものだった。それが彼女に「意外感」という形で表情を取り戻させた。

「警察に強攻策を控えさせるよう、本家に働き掛けてもらおう。その隙に誘拐犯を始末させる方向で」

「プランとしては悪くないと思うけど……有希《ゆき》さんたちに、そこまでさせる必要があるの？」

「昨日の暗殺者は、達也《たつや》さんが有希《ゆき》に訊問《じんもん》を任せたそうじゃないか。それなのに、訊問《じんもん》で得た情報を握り込むのは間違っている。達也《たつや》さんの意思を蔑《ないがし》ろにしている」

「……そのペナルティというわけ？」

「この前、戦ってみて分かった。あのレベルなら有希《ゆき》や若宮《わかみや》の敵じゃないよ」

そう言って文弥《ふみや》は音声通信端末を取り出した。

「——文弥《ふみや》だ。有希《ゆき》、今から出られるかい？」

早速文弥《ふみや》が有希《ゆき》に命令しているのを聞いて、亜夜子《あやこ》は自分の端末で本家を呼び出した。

◇　◇　◇

文弥《ふみや》から電話を受けた時、有希《ゆき》は既に現場へ向かっている途中だった。

「——文弥《ふみや》様は何と？」

通話を終えた有希《ゆき》に、運転席の鰐塚《わにづか》が訊《たず》ねる。

「誘拐犯を全員始末しろ、とさ」

「やはり俺たちにお鉢が回ってきたか……」

ため息交じりにそう言ったのは助手席に座っている若宮《わかみや》だ。この車には有希《ゆき》と鰐塚《わにづか》の他に若《わか》宮《みや》と奈穂《なお》も乗っていた。つまりチーム全員だ。

彼らが現時点で立てこもり現場のＳＣ（跡地）に向かっているのは誘拐事件の発生を予測し、その場合自分たちに出動が命じられると予想して、司波《しば》龍郎《たつろう》が立ち回る先の警察無線を傍受していたからだった。

「ところで有希《ゆき》さん、文弥《ふみや》さまのオーダーは人質の救出ではなく誘拐犯の始末なんですか？」

隣に座る奈穂《なお》が腑《ふ》に落ちないという声音で有希《ゆき》に訊《たず》ねる。

「そりゃそうだろ」

有希《ゆき》は、そんなことを言う奈穂《なお》の方がおかしいという口調だ。

「あたしたちは殺し屋だぜ。殺し屋に人助けはできない。できるのは、殺すことだけだ」

そして続けたセリフは、軽い物言いに対して重い内容だった。

「今回のオーダーは皆殺し、それだけだ。前回のように段取りは指示されちゃいねえ」

有希《ゆき》が言う「前回」は房総《ぼうそう》半島北部のアジトを攻めた時のことだ。

「今回は文弥《ふみや》も黒羽《くろば》の連中もいないが、あいつらに気を遣う必要も無い。何をしても良いなら、楽勝だぜ」

有希《ゆき》はギラギラとした殺気を剝《む》き出《だ》しにしながらそう言った。その口調は、自分に言い聞かせているようでもあった。

◇　◇　◇

犯人が人質と共に立てこもっているのは、ＳＣ（跡地）の一番南側の建物だ。立体駐車場の最上階に乗り入れてスロープを爆発物で閉鎖している。

はっきり言って、自分から袋の鼠《ねずみ》に成りに行っているようなものだ。逃走を度外視しているとしか思われない。あるいは、ヘリか小型ＶＴＯＬで仲間が助けに来る手筈《てはず》にでもなっているのだろうか。

誘拐に使った犯人の車は大型のミニバンだが、その後に小型ドライバン（トラック）が合流している。それを聞いた有希《ゆき》はドライバンにアサシンスケルトンが積んであると考えた。もしかしたら本格的な軍仕様の強化外骨格《パワードエグゾスケルトン》かもしれない。

「奈穂《シエル》は隣の屋上から援護してくれ。鰐塚《クロコ》は奈穂《シエル》のサポートを頼む」

現地に着いた有希《ゆき》は犯人がいる立体駐車場を見て、そのように指示を出した。

「有希《ナッツ》、俺たちはどうするんだ？」

若宮《わかみや》が有希《ゆき》に訊《たず》ねる。

「あたしは壁をよじ登る。若宮《リッパー》は自分のやり方で潜入してくれ」

「そうか。なら俺は店の入り口から行くとしよう」

「良《い》いね、正面突破か」

有希《ゆき》が笑って若宮《わかみや》に拳を見せた。

若宮《わかみや》が有希《ゆき》の拳と自分の拳を軽く合わせる。そして宣言どおり、閉鎖された店舗へ向かった。

「有希《ゆき》さん、お気を付けて」

奈穂《なお》がコードネームではなく本名で有希《ゆき》に声を掛けた。

「バカヤロ、ナッツだ」

「ムッ。野郎じゃありませんよ」

軽口を叩《たた》き合って、有希《ゆき》は立体駐車場へ、奈穂《なお》は隣のテナントビルへ向かった。

鰐塚《わにづか》は一度だけ有希《ゆき》に気遣わしげな目を向けて、奈穂《なお》を追い掛けた。

◇◇◇

「何度でも言うが、私を人質に取っても無駄だよ」

人質に取られた龍郎《たつろう》は、拘束され閉じ込められたミニバンの中で、もう何度目になるか分からないセリフを淡々と口にした。

龍郎《たつろう》のセリフに応える声はない。誘拐犯は全員が新ソ連から密入国した非スラブ系ロシア人だが、全員日本語会話能力は備えている。彼らは龍郎《たつろう》の言葉を理解できないのではなく、彼との会話に徒労感を覚えているのだった。

脅しても痛めつけても、龍郎《たつろう》の他人事《ひとごと》のような物言いは変わらない。命が惜しくないと言うより、自分の命に関心が無いような態度だ。

「今の私は四葉家《よつばけ》にとって価値が無い。達也《たつや》にとっては死人どころか単なるデータだ。書類の上にしか存在しない人間の為《ため》に、あの男が指一本でも動かすはずはない」

何が可笑《おか》しかったのか、龍郎《たつろう》は自嘲の笑い声を漏らした。初めの内は「何が可笑《おか》しい！」と怒鳴りつけていた誘拐犯たちも、今は気味が悪そうな目を向けるだけだった。

低い笑い声がフェードアウトし、龍郎《たつろう》は世に倦《う》み疲れた声で応えの無い、独り言のようなセリフを再開する。

「もっともあの男が指一本でも動かしたならば、そこで終わりだ。私も君たちと共に消えるだろう。あの男に私を存在させておく理由は無い。これはあの男にとって好機とも言える」

今度は声に出さず、顔だけで自嘲の笑みを浮かべる龍郎《たつろう》。その笑顔はゾッとする程、虚無的だった。

「つまり私たちは一蓮托生《いちれんたくしょう》、図らずも運命共同体になったというわけだ」

遂《つい》に、龍郎《たつろう》の隣に座る誘拐犯が怒鳴った。

「黙れ！」

龍郎《たつろう》は素直に口を閉じる。

だがそれだけでは気が済まなかったのか、怒鳴った誘拐犯は龍郎《たつろう》に猿ぐつわを噛《か》ませた。

「……最初からこうしておけば良かったんだ」

その男は吐き捨てるように独り言《ひとご》ちた。

他の男は何も言わない。その男もそれ以上、何も言わない。

ミニバンの車内に静寂が訪れる。

だが。

――あの男が指一本でも動かしたならば、そこで終わり――。

誘拐犯たちの脳裏には、龍郎《たつろう》がもたらした不吉な予言が、呪いのようにこびり付いていた。

◇◇◇

彼は管内で重要企業の役員が誘拐された事件の解決を、署長から直々に命じられて現場の指揮を執っていた。

「犯人からの要求はまだか」

「まだです！」という返事を聞いて、所轄の警察署に所属する警部は顔を顰《しか》めた。

「誘拐して、追い詰められて、何の要求もしてこない……。この犯人どもは一体なにを考えているのだ……」

警部は困惑を通り越して苦悩していた。今回は通報が早かった御蔭《おかげ》で、誘拐犯を取り逃がすことなく袋の鼠《ねずみ》に追い込むことができた。

しかし人質が犯罪者の手中にある状況では、そう易々《やすやす》と強攻策は採れない。このような場合のセオリーは、犯人からの要求を事態打開の糸口にする。条件闘争で相手の疲弊と油断を誘うこともできるし、要求を呑《の》むと見せ掛けて罠《わな》を仕掛けることもできる。最悪、要求を呑《の》んで人質を解放した後に改めて逮捕を試みるという選択肢も出てくる。

だが犯人が何も言ってこなければ、事態は膠着《こうちゃく》したままだ。強攻策はリスクを伴う。余程時間が長引けばリスクを承知で突入という決断もしなければならないが、今はまだ事件発生から一時間も経《た》っていない。

この状況で無理押しをするには人質の家族の了解が最低限必要だ。だが人質が役員を務める企業を通じて伝えられた意向は「安全第一」だった。

人質の家族がそう考えるのは十分に理解できるし、むしろ当然だろう。それでも警部としては、もどかしさを禁じ得ない。

（そもそも重要企業とはどういう意味だ……？）

署長から出動を命じられた際に聞いたこのフレーズが、何となく警部の意識に引っ掛かっていた。人質が役員を務めるＦＬＴの名は警部も知っている。三年程前から一般のニュースでもよく聞く名前だ。しかし「大企業」でも「有名企業」でもなく「重要企業」とはどういう意味なのだろうか？　何か特別な意味があるのだろうか？

（もしかして政治家絡《がら》みの企業か……？）

もしそうなら、この誘拐事件にも政治的な背景があるのかもしれない。

そんな思考が脳裏を過《よぎ》って、警部を憂鬱にさせた。

◇　◇　◇

立体駐車場の外壁には細い柱や細かな凹凸があり、手掛かりには事欠かなかった。ただ普通の人間の握力では、その細かな手掛かりを掴《つか》んで身体《からだ》を支えることなど不可能だ。訓練を受けた工作員、例えば特殊な体術を修めた忍者でも専門の道具がなければこの壁を登るなど不可能だろう。

それを有希《ゆき》は防刃手袋をはめただけの手で、道具を使わずに登っていた。身体強化《フィジカルブースト》による剛力あっての荒技だ。

壁に張り付く道具ならば、有希《ゆき》も持っている。使ったこともある。だが生憎《あいにく》と、この場には持ってきていなかった。態々《わざわざ》取りに戻るほど精神的にも時間的にも暇ではなかったので、有希《ゆき》は自前の異能と体術で壁登りに挑んでいるのだった。

挑んでいると言っても、最初から難しいとは考えていなかった。現場を見て彼女は真っ先に「登りやすそうだな」と感じたし、実際にチャレンジした結果、サクサクと屋上までたどり着いた。

有希《ゆき》は今、屋上の手摺《てす》りの外側から中の様子を窺《うかが》っている。誘拐に使われたミニバンは屋上の中央、やや店舗寄りの位置に駐まっていた。そのすぐ横に小型のドライバン。人質はミニバンに乗っているはずだ。

彼女がミニバンに近付く段取りを頭の中で練っていると、ミニバンの助手席から誘拐犯の一人が降りてきた。その男はドライバンに歩み寄り、手に持つリモコンを荷台に向けた。

そのドライバンはウイング車だった。リモコンによる操作で箱形の荷台が横壁ごと開く。

男が荷台によじ登る。そこには金属フレームに囲まれたごつい椅子があった。

その正体を、有希《ゆき》は心の中で呟《つぶや》いた。

（強化外骨格《パワードエグゾスケルトン》……。こないだ見た暗殺用じゃないな。もしかして軍用か？）

男が椅子に座ると、外骨格が自動的に装着されていく。

別の男がトラックの助手席から降りてきた。その男も荷台に上がり、外骨格の自動装着装置に座る。

どちらの男も、装着は二分足らずで完了した。荷台から降りた男たちの手足には、黒光りする金属フレームが重なっていた。

閉店した店舗のエレベーターは、当然かもしれないが止まっていた。若宮《わかみや》は非常階段を使って屋上階まで上った。

非常階段のドアを少し開けて、駐車場の様子を窺《うかが》う。駐まっている車はミニバンとドライバンの二台だけだ。若宮《わかみや》の現在位置からは、十メートル前後離れている。

ドライバンは側面が跳ね上がっていた。そこから強化外骨格《パワードエグゾスケルトン》を装着した人影が二つ降りてきた。房総《ぼうそう》半島のアジトで戦った暗殺用の外骨格ではない。

元国防軍兵士の若宮《わかみや》には、その正体が一目で分かった。あれは国防軍の工兵隊が以前に使っていた、一世代前の強化外骨格《パワードエグゾスケルトン》だ。戦闘用ではなく作業用だが、軽武装の一般警官相手であれば十分過ぎる戦闘力を持っている。

国防軍の将兵から横流しされた物だろうか。

それともメーカーから流出した物だろうか。

――どちらにしても、手持ちの武器でまともにやり合うのは分が悪い。

そう考えた若宮《わかみや》は、扉の陰に隠れたまま体内の想子《サイオン》圧を高め始めた。


隣のビルの屋上で狙撃に適したポジションを確保した奈穂《なお》は、銃の準備に取り掛かった。

男手に頼るのではなく自分で持ってきたケースを開けて、狙撃銃を組み立てる。

彼女の隣では鰐塚《わにづか》が目に双眼鏡を当てていた。

「――距離六十五、高低差マイナス五、風は二時方向から一メートル、といったところですね」

「ありがとうございます」

奈穂《なお》は鰐塚《わにづか》に礼を述べて、デジタルスコープに今聞いた諸元を入力した。

狙撃銃のスコープには、駐車場の端へ歩いて行く強化外骨格《パワードエグゾスケルトン》が映っていた。

「鰐塚《わにづか》さん。あれ、撃っても良いですか？」

「あれ、とは？　左側へ移動している強化外骨格《パワードエグゾスケルトン》ですか？」

「はい」

「おそらく防弾プレートを付けていますよ。仕留めるのは難しいのではないかと」

「でもちょうど良《い》い切っ掛けになると思うんですけど」

「そうですね……」

鰐塚《わにづか》が考え込んだのは三秒程だった。

「確かに火蓋を切る切っ掛けとしては良《い》いと思います。ナッツもリッパーも突入の準備はできているようですし、狙撃を許可します」

チームの司令塔を務める鰐塚《わにづか》のＧＯサインに、奈穂《なお》は首を動かさずに一言、「撃ちます」と応えた。

銃声はしなかった。魔法により音が消され、かつ直進性を増した亜音速大口径弾は、狙い過《あやま》たず強化外骨格《パワードエグゾスケルトン》を装着した誘拐犯に命中した。

強化外骨格《パワードエグゾスケルトン》が大きく体勢を崩す。オートバランサーにより転倒こそ免《まぬが》れたが、その機体は姿勢の正常化にリソースの全てを必要とする状態に陥った。

それは一瞬とも言える、極短時間の隙。

だが有希《ゆき》にとっても若宮《わかみや》にとっても、奇襲を決断するのに十分な切っ掛けとなった。

二人は示し合わせることなく、同時に攻撃を仕掛けた。

若宮《わかみや》は体内で圧縮した想子《サイオン》を、砲弾に換えて射出した。

九重寺《きゆうちようじ》で修行を積んだ彼の［術式解体《グラム・デモリッション》］は今や射程距離が二十メートルまで伸びている。ミニバンの手前で店舗側の入り口、まさに若宮《わかみや》が隠れている場所を警戒していた外骨格の誘拐犯に、運動神経を麻痺《まひ》させる［術式解体《グラム・デモリッション》］――［枷《かせ》の遠当て］が直撃した。

体勢を立て直している最中の、強化外骨格《パワードエグゾスケルトン》の動きが止まった。通常の外骨格は装着者の動きをトレースして作動する。オートバランサーの作動中も装着者がその動きに逆らえば、バランサーは作動を停止する。これは強化外骨格《パワードエグゾスケルトン》の動力で装着者の肉体を傷つけないように組み込まれた安全装置だ。

オートバランサーが作動していても装着者がその動きに追随しようとしなければ、あるいは完全に脱力して動作を機械任せにしなければバランサーは正常に機能しない。強化外骨格《パワードエグゾスケルトン》に適合訓練が必要となる最大のポイントだ。

運動神経を麻痺《まひ》させる若宮《わかみや》の［術式解体《グラム・デモリッション》］は、装着者の肉体を脱力させるのではなく硬直させた。

その結果、強化外骨格《パワードエグゾスケルトン》のオートバランサーは緊急停止。姿勢修正の動作は中断され――機体は装着者ごと駐車場の路面に倒れた。

もっとも、この強化外骨格《パワードエグゾスケルトン》は軍用、しかも工兵隊用。倒れたくらいで壊れはしない。それを理解している若宮《わかみや》は、［枷《かせ》の遠当て］の効果が切れて強化外骨格《パワードエグゾスケルトン》が再び動き出す前に止《とど》めを刺すべく飛び出した。

有希《ゆき》はまともに強化外骨格《パワードエグゾスケルトン》の相手をする気は無かった。

駐車場の手摺《てす》りを一気に乗り越えた彼女は、疾風と化してミニバンへ向かった。最初から身体強化《フイジカルブースト》をフル稼働《かどう》させて、強化外骨格《パワードエグゾスケルトン》の横をすり抜ける。

強化外骨格《パワードエグゾスケルトン》は左腕の先からブレードを伸ばして有希《ゆき》の身体《からだ》を斬り裂こうとする。

だが、ブレードは有希《ゆき》を捉えることができなかった。

軍用の強化外骨格《パワードエグゾスケルトン》は暗殺用の強化外骨格《アサシンスケルトン》よりパワーと堅牢《けんろう》性に優れている。だが反応速度は、先日房総《ぼうそう》半島のアジトで相手をしたアサシンスケルトンの方が上だった。

今回の敵は、拳銃だけでなくサブマシンガンも持っている。強化外骨格《パワードエグゾスケルトン》を装着した誘拐犯――マフィア・ブラトヴァ直属の暗殺者も、右手にサブマシンガンを持っていた。

その銃口が有希《ゆき》の背中を狙う。

だがまるで背後が見えているように、有希《ゆき》は素早く横に跳んだ。

左右に不規則なステップを踏みながら速度を緩めず疾走する有希《ゆき》。

背後から彼女を狙う強化外骨格《パワードエグゾスケルトン》の装着者は、有希《ゆき》の姿を追えずにいる。網膜に残像が残り、実像と虚像の見分けが付かなくなっていた。

ミニバンの助手席からサブマシンガンを手にした男が出てくる。

その男は間近まで迫った有希《ゆき》に銃口を向けて引き金を引いた。

フルオートでばら撒《ま》かれた銃弾は有希《ゆき》の残像を貫いて夜空に吸い込まれ、駐車場の路面を跳ね、一部が有希《ゆき》の背後で構える強化外骨格《パワードエグゾスケルトン》の装着者に命中した。

防弾プレートを付けている装着者は衝撃を受けただけだ。致命傷は負っていない。

だが味方を撃った男は、動揺を免《まぬが》れなかった。

男の視界から有希《ゆき》が消える。彼が最後に見た有希《ゆき》は残像だった。

男の首が深く斬り裂かれ、血が撒《ま》き散《ち》らされる。

有希《ゆき》は目にも留まらぬ速さでミニバンを回り込み、運転席の窓ガラスをナイフの柄で割ってそこに座る男を刺した。その男が手にする拳銃の銃口は、まだ助手席側を向いていた。

「シェル、頭を狙えますか」

「やってみます」

鰐塚《わにづか》の指示で、奈穂《なお》は狙撃銃の狙いを変えた。強化外骨格《パワードエグゾスケルトン》は有希《ゆき》の背中を照準しようと、サブマシンガンを構えた状態で動きを止めている。

狙撃銃に装塡されているのは大口径のフルメタルジャケット弾。

強化外骨格《パワードエグゾスケルトン》の装着者は頭をヘルメットで守っているが、慣性増幅魔法で直進性が高められた銃弾は、直撃すれば樹脂で固めた強化繊維を撃ち抜く威力を有している。

奈穂《なお》が狙いを付けた時間は、一度息を吸って吐いた、一呼吸分だけだった。

奈穂《なお》が息を止め、トリガーを引く。

消音魔法により音も無く発射された弾丸は、強化外骨格《パワードエグゾスケルトン》の装着者の頭に血飛沫《ちしぶき》の華を咲かせた。

倒れた強化外骨格《パワードエグゾスケルトン》に向かって突進する若宮《わかみや》の右手には、彼が愛用する大振りの戦闘ナイフが握られている。刃渡り三十センチに及ぶそのナイフは、彼の魔法に耐えられるよう作られた特注品だ。

倒れていた強化外骨格《パワードエグゾスケルトン》が手を突いて身体《からだ》を起こす。

若宮《わかみや》がナイフで横薙《な》ぎに斬り付ける。

強化外骨格《パワードエグゾスケルトン》の右手が上がり、合金製のフレームでナイフを防ごうとする。

甲高い耳障《みみざわ》りな音を発する若宮《わかみや》のナイフは、スッと強化外骨格《パワードエグゾスケルトン》のフレームに沈み込んだ。

合金製のフレームを融《と》かすように両断する刃。

若宮《わかみや》の得意魔法［高周波ブレード］だ。

超高速で振動する刃はフレームを斬り裂き、装着者の腕を切断し、喉に吸い込まれた。

若宮《わかみや》がナイフを振りきる。

返り血が盛大に若宮《わかみや》を濡《ぬ》らす。

強化外骨格装着者《パワードエグゾスケルトン》のヘルメットを被《かぶ》った頭部は、首の皮と肉の三分の一でつながった状態で、身体《からだ》からダラリとぶら下がった。

有希《ゆき》がドライバンの運転手に止《とど》めを刺して、誘拐犯は全滅した。

ミニバンの中に残された龍郎《たつろう》は、異常に気付いた警察官が駆け付けるまで、猿ぐつわを噛《か》まされた状態で気を失っていた。

◇　◇　◇

「……ご苦労様。良くやってくれたね。後始末は気にしなくて良いよ。今日はゆっくり休んでくれ」

マンションのヴィジホンではなく携帯端末による通話を終えた文弥《ふみや》に、亜夜子《あやこ》が「有希《ゆき》さんから？」と訊《たず》ねた。

亜夜子《あやこ》と文弥《ふみや》はいったん調布《ちょうふ》の自宅に戻っていた。ただ部屋着には着替えず、帰ってきた時の格好のままだ。雰囲気的に、二人はまだ出掛けるつもりでいるような感じだった。

「うん、そう。人質の件は片付いたって」

亜夜子《あやこ》の質問に、文弥《ふみや》は軽く頷《うなず》いてこう答えた。

「達也《たつや》さんのお父様はご無事なのかしら」

口ではそう言った亜夜子《あやこ》だが、態度は余り心配しているようには見えない。

「何発か殴られた跡があるだけで、大きな怪我《けが》は無いらしいよ」

「そう……。何か犯人を怒らせるようなことを仰《おっしゃ》ったのでしょうね」

「僕もそう思う」

亜夜子《あやこ》も文弥《ふみや》も、達也《たつや》の実父・司波《しば》龍郎《たつろう》に対する評価は低かった。また本音では、自分たちにとってどうでもいい人間だった。達也《たつや》に対するこれまでの仕打ちは許し難いものだったが、達也《たつや》自身が全く気にしていないので亜夜子《あやこ》たちも関心を無くしていた。

「ところで姉さん、仕掛けの方はどうなったの？」

今までの何処《どこ》か投げ遣《や》りな態度から一変して、文弥《ふみや》は真剣な眼差《まなざ》しを亜夜子《あやこ》に向けた。

「発信器のこと？」

「盗聴器も仕掛けているんでしょ？」

先程池袋《いけぶくろ》で文弥《ふみや》がマフィア・ブラトヴァ一味から逃げている最中に、亜夜子《あやこ》が行った仕掛けはこれだ。彼女は部下に命じて、文弥《ふみや》を連れ去る為《ため》に一味が用意していた自走車を特定し、その車に発信器と盗聴器を取り付けさせたのだった。

「盗聴器はついでよ。価値がある会話を拾えるとは考えていないわ」

「そっか。どっちにしろ潰すだけだから場所さえ分かれば良いよ」

そう言って文弥《ふみや》が、目で答えを催促する。

彼が求めている情報はマフィア・ブラトヴァの、達也《たつや》暗殺作戦の司令部となっている根拠地の場所だ。

それは亜夜子《あやこ》も理解している。

だから彼女は、視線の催促に端的な答えを返した。

「池袋《いけぶくろ》よ」

「……池袋《いけぶくろ》か」

文弥《ふみや》が見せた戸惑いは、自分がさっきまで走り回っていた街に求める敵のアジトがあったという事実に、釈然としないものを感じたからだった。さっきそれが分かっていれば、態々《わざわざ》調布《ちょうふ》まで戻らなくても一度で済んだのに、と思ったのだ。二度手間ならぬ、二度足とでも言えようか。――そのような言葉は無いのだが。

「詳しくはここね」

亜夜子《あやこ》は携帯端末のデータを、ホームサーバーを経由して壁面ディスプレイに映し出した。

そこは池袋《いけぶくろ》の少し外れにある、比較的古いビルが立ち並ぶ一角だった。

「確かこの近くに横浜事変の時の、大亜連合の工作拠点がなかった？」

「隣のビルよ」

端的な亜夜子《あやこ》の答えを聞いて、文弥《ふみや》が顔を顰《しか》める。

「……この辺りを一度徹底的に掃除した方が良《い》いんじゃない？」

「それは私たちの仕事じゃないわ。でも、そうね……それがお仕事の人たちに綺麗《きれい》にしてもらいましょうか」

亜夜子《あやこ》は小悪魔と言うより、悪女の笑みを浮かべた。いや、人が悪そうな表情であっても品位は損なわれていないから、悪役令嬢の笑みと表現すべきかもしれない。

「それが仕事って、公安？　あそこはまだ、ごたついているんじゃなかったっけ」

亜夜子《あやこ》が誰に押し付けようとしているのか理解して、文弥《ふみや》は眉を顰《ひそ》めた。

公安では昨年、内部抗争が発生した。それが何とか落ち着いたのは、先月のことだった。

「醜態を曝《さら》したばかりだからこそ、頑張ってくれるのではなくて？」

「醜態だと自覚してくれていれば良いけど……。じゃあ、そっちの方は姉さんに任せるよ」

「あら、お掃除を言い出したのは文弥《ふみや》の方よ。それに家の仕事は貴男《あなた》が頑張ってくれるのではなかった？」

先日の発言を持ち出されて、文弥《ふみや》が顔を顰《しか》めた。確かに彼は姉に、黒羽家《くろばけ》の仕事に注力したいから大学での人脈作りは任せたいと提案した。しかしそれは、面倒な仕事は全部引き受けるという意味ではなかったはずだ。

「……分かったよ。この件が一段落したら、情報を流しておく」

だがあの提案が、「大学は亜夜子《あやこ》、家のことは文弥《ふみや》」と役割の分担を決めたとも解釈できるものだったのは認めざるを得ない。それに、亜夜子《あやこ》を公安に関わらせるのは気が進まなかった。

自分が面倒ごとを引き受けた裏に、公安に出向中の空澤《からさわ》の存在があることを、亜夜子《あやこ》を空澤《からさわ》に会わせたくないと自分が考えていることを、文弥《ふみや》は自覚していなかった。

「黒川《くろかわ》」

文弥《ふみや》は壁のコンソールに歩み寄り、インカムのスイッチを入れて話し掛けた。

『若、お呼びでしょうか』

応えはすぐに返ってきた。

「出動だ。[毒蜂《どくばち》]を使えるメンバーを集めろ」

『かしこまりました』

文弥《ふみや》はインカムのスイッチを切って振り返り、「着替えてくる」と亜夜子《あやこ》に伝えた。

◇　◇　◇

副都心の土曜日といえど深夜ともなれば、街外れのこの辺りはもう人影が絶えている。路地裏に人目を避けるようにして建っているビルの中では、表通りを行き交う車の音もほとんど聞こえてこない。

同時に、中の物音をビルの外で聞き付けた者もいない。

そのビルで次々と上がる断末魔の苦鳴を耳にした者は、当事者以外にいなかった。

いや、当事者である犠牲者でさえも、自分の順番が回ってくるまで死神の足音を聴き取れなかった。

惨劇は誰にも気付かれることなく粛々と進行し、誰にも気付かれることなく幕を下ろした。

「──若」

「随分豪華な部屋だな。外側の古ぼけた見た目とは大違いだ。そう思わないか、黒川《くろかわ》？」

背後から掛けられた声に振り返りもせず、文弥《ふみや》はそう言った。彼が見下ろす床には、高価な革張りの椅子から転げ落ちて苦痛にのたうち回りながら息絶えた男の死体があった。

「データの吸い上げは完了しました。解析は帰還してからになります」

文弥《ふみや》の言葉には応えず、黒川《くろかわ》は事務的な報告を行った。

「生き残りはいないな？」

振り返った文弥《ふみや》が訊《たず》ねる。

「そちらも確認済みです」

今回は主従の間で会話が成立した。

「それと、公安がこちらに向かっています。あと十分前後でこのビルに到着見込みです」

「公安も無能じゃない。ここにも一応、目を付けていたんだろう」

「仰《おつしや》るとおりかと」

「傷痕は偽装しているな？」

そう言いながら文弥《ふみや》は、自分の手の中の有線式テイザーガンを見下ろした。

「抜かりありません」

彼らは東京で暗殺の指揮を執っていたマフィア・ブラトヴァの下級幹部を護衛と共に始末し終えたところだ。殺害手段は黒羽家《くろばけ》の暗殺魔法［毒蜂《どくばち》］。暗殺対象が認識した痛みを、死に至るまで増幅し続ける術式だ。

ただ［毒蜂《どくばち》］は致命傷の痕跡を残さずに、他殺と覚《さと》らせずに殺す魔法。今回のように十人以上を一斉に始末する場面では、致命傷の傷も残留毒物も無くては警察に余計な不信感を懐《いだ》かれてしまう。

その対策として今回は暗殺部隊の全員に有線式テイザーガンを持たせた。テイザーガンによる痛覚を［毒蜂《どくばち》］で増幅して殺害する。

回り道のようにも見えるが、この魔法を使うのは謂《い》わば黒羽家《くろばけ》からマフィア・ブラトヴァへ向けたメッセージだった。彼らが［毒蜂《どくばち》］を知っていれば、これが黒羽家《くろばけ》の仕業と分かるだろう。司波達也《しばたつや》に——四葉家《よつばけ》の者に手を出せば、黒羽《くろば》による死を覚悟しろという警告だ。

死因が［毒蜂《どくばち》］と分からなければそれでも構わない。黒羽家《くろばけ》の魔法が知られていない——マフィア・ブラトヴァの情報収集力はその程度ということなのだから。

「引き上げだ」

「かしこまりました」

文弥《ふみや》に向かって一礼した後、黒川《くろかわ》は通信機に「総員、撤収」と話し掛けた。

それから一分も経過しない内に、古ぼけた外観のビルから生きた人の気配は全て消えた。

◇　◇　◇

翌日の日曜日、文弥《ふみや》と亜夜子《あやこ》は達也《たつや》の自宅を訪れた。

「——司令塔は潰しましたが、実行部隊はまだ少し残っているかもしれません。しかしそれも今週中には片付けられる見込みです」

「そうか。二人とも、ご苦労だったな。だがそんなに急ぐ必要は無いぞ」

文弥《ふみや》の口から行われた報告に、達也《たつや》が労《ねぎら》いで応える。

「必要の無い心配かもしれないけど、文弥《ふみや》君も亜夜子《あやこ》さんも余り危ないことはしないでね」

飲み物を自分の手で運んできた深雪《みゆき》が、ローテーブルにカップを配りながら笑顔で達也《たつや》のセリフにそう続けた。

「私は危険な真似《まね》などいたしませんわよ。今回も荒事には、文弥《ふみや》が関わらせてくれませんでしたし」

「そうなの？　大事にされているのね」

微笑《ほほえ》ましげな顔で告げられた深雪《みゆき》の言葉に、亜夜子《あやこ》は澄まし顔で「ええ」と頷《うなず》く。

「大事にって、言い方……」

文弥《ふみや》が呟《つぶや》くように漏らした抗議には二人とも耳を貸さなかった。

「ところで深雪《みゆき》さんの基準ではどのレベルが『危ないこと』に該当するんですか？」

文弥《ふみや》の呟《つぶや》きを無視して亜夜子《あやこ》が深雪《みゆき》に訊《たず》ねる。

「そうね、銃を持った相手に正面から突っ込んでいくような無茶かしら」

「その程度のことなら、達也《たつや》さんが毎回為《な》さっていると思うのですけど」

「達也《たつや》様にとって銃は『危険な物』ではないわよ？」

「ああ、そうでしたね」

美女二人が顔を見合わせて「ウフフ……」と上品に笑い合う。

その笑い声に薄ら寒いものを感じて、文弥《ふみや》は視線を達也《たつや》に固定した。

「どうした？」

いきなり凝視されたにも拘《かか》わらず、達也《たつや》は戸惑いの欠片《かけら》も見せなかった。

「僕の口から申し上げるまでもなく達也《たつや》さんにはお分かりのことと思いますが、これで終わりではないでしょう。今回は一段落付いただけで、すぐに次が送り込まれてくるはずです」

「そうだろうな」

頷《うなず》く達也《たつや》。文弥《ふみや》が醸《かも》し出《だ》したシリアスな雰囲気に、深雪《みゆき》と亜夜子《あやこ》もじゃれ合うのを止めて彼らを見ている。

「終わらせる為《ため》には元を絶たなければならないと思うのですが、達也《たつや》さんはそこまでしても構わないとお考えですか？」

「今のところ、必要は無い」

達也《たつや》は即答する。彼の答えには、迷いが無かった。

「敵対する者を片端から根絶やしにしていけば、最終的に地上の半分が廃墟《はいきよ》になる」

達也《たつや》が付け加えた言葉に、文弥《ふみや》の身体《からだ》がブルッと震えた。

達也《たつや》にはそれが可能だ。彼が決断すれば、半分どころか地上が丸ごと灰燼《かいじん》に帰す。

文弥《ふみや》は自分が理解していないことを覚《さと》った。——達也《たつや》の前で軽々しく「元から絶つ」などという言葉を口にすべきではないということを。

「降り掛かる火の粉の対策は、現に燃えている火を消せばいい。とはいえ、俺だけで対処しきれないのも確かだ。だから——」

「文弥《ふみや》、亜夜子《あやこ》。頼りにしている」

「お任せください」

「——必ずや、ご期待に応えます！」

達也《たつや》の言葉に、亜夜子《あやこ》は満面の笑みを浮かべて頷《うなず》き、文弥《ふみや》は感極まった表情で誓いを立てた。

あとがき

ここまでお付き合いくださりありがとうございます。如何《いかが》でしたでしょうか。お楽しみいただけたのでしたら幸いです。

本作は『魔法科高校《まほうかこうこう》の劣等生《れっとうせい》』と『メイジアン・カンパニー』の間に挟まるエピソードです。『キグナスの乙女たち』と同時期の出来事で、『司波達也暗殺計画《しばたつやあんさつけいかく》』の続編的な位置付けになります。

『司波達也暗殺計画《しばたつやあんさつけいかく》』（以下「前作」）では少女（？）暗殺者の有希《ゆき》が主人公でしたが、お読みいただいたとおり本作では黒羽家《くろばけ》の双子がメインを務めています。改めて解説するのは無粋だと思いますが、本作のタイトル『夜《ヨル》の帳《とばり》に闇《ヤミ》は閃《ひらめ》く』は、亜夜子《あやこ》と文弥《ふみや》を指しています。「夜《ヨル》」は亜夜子《あやこ》のコードネームで「帳《とばり》」は彼女の得意魔法「極散《きよくさん》」を象徴。「闇《ヤミ》」は文弥《ふみや》のコードネームで「閃《ひらめ》く」は彼の得意魔法「ダイレクト・ペイン」を象徴しています。

創作の裏側には没にしたアイデアの山が存在します。その中に亜夜子《あやこ》をヒロインにしたサイドストーリーがありました。空澤兆佐《からさわときすけ》は元々、その話における亜夜子《あやこ》の相手役です。亜夜子《あやこ》と空澤《からさわ》が良い《い》雰囲気になって、最後は空澤《からさわ》が亜夜子《あやこ》に振られるという筋書きでした。

「やっぱりあの人（達也《たつや》）のことが忘れられないの」と告白した亜夜子《あやこ》に背中を向けて立ち去る空澤《からさわ》。その背中を見詰める亜夜子《あやこ》というメロドラマ（死語？）展開を考えて、これでは亜夜《あや》子《こ》のキャラクターが崩れると自主的に没にしたプロットです。それが空澤《からさわ》というキャラクターだけ生き延びて、本作に登場となりました。

空澤《からさわ》は今回が初出ではありませんが、前回は本当にチョイ役で再登場の予定はありませんでした。ぶっちゃけた言い方をすれば、前回は没キャラクターの再利用の意味しかありませんでした。

それを本作では、亜夜子《あやこ》との絡《から》みは残しつつ新たな役目を与えて、再利用ではなく再生・新登場させたという次第になります。前回がリユース、今回はリサイクルですね。

舞台がキグナスと同時期で、敵がロシアからやってくるという構造から、察しの良い皆様《い》には私の意図がお分かりだと思います。あちらのお話も新たな盛り上がりが欲しい段階になっていますので。

それでは、あ、と、が、き、はこの辺で。次作もよろしくお願い致します。

（佐島《さとう》　勤《つとむ》）

【9】無理難題

世界の裏側から国際経済を支配している――と当人たちは信じている――秘密結社・ギルドの本部は世界の何処《どこ》にも存在しない。同時に、欧州のあらゆる場所がギルドの本部となる。特定の有形財に依存せず、形の無い単なるデータを莫大《ばくだい》な富に換える現代の錬金術が、国境に縛られず政治にも軍事力にも拘束されない彼らの強みだ。

だが下部組織の実動部門はそういうわけにはいかない。物資の拠点、人員の拠点が必要だ。例えばギルドの暴力部門であるマフィア・ブラトヴァは世界各地に拠点を持っている。

そのマフィア・ブラトヴァの拠点の中でも主要な物の一つ、東アジア地区本部は東シベリアのミールヌイにあった。この都市一帯は世界最大規模のダイヤモンド産地であり、ダイヤモンド利権で栄えたロシアンマフィアの拠点をマフィア・ブラトヴァが受け継いだ物だ。

その日、新ソ連東部、大亜連合、日本、東南アジア諸国における活動を統括する東アジア地区本部の幹部たちが、ミールヌイの拠点に勢揃《せいぞろ》いしていた。

「――早速だが、今日集まってもらったのはギルドから命じられた例の暗殺ミッションの件で今後の方針を決める為《ため》だ」

簡単に挨拶を交わした後、この拠点で議長を務める幹部がそう話を切り出した。

「例の日本人の暗殺ミッションか」

議長の隣に座っている幹部が確認の意味合いが強い、質問とも相槌《あいづち》とも取れるセリフを返す。

それを切っ掛けに活発な議論が始まった。

「その件は既に、暗殺部隊を日本に送ったのではなかったか？」

「日本に送り込んだファミリー《シミャー》は、一人を残して全滅した」

「一人だけ生き残ったのか？　まさか、裏切りか？」

「そうではない。先陣を切ってミッションに挑み、日本の警察に逮捕されたメンバー《チリエーン》がいる。

それが唯一の生存者だ」

「そうか……。そのメンバー《チリエーン》は？」

「警察の内部協力者の手を借りて無事帰国した。だが彼はずっと囚《とら》われていた為《ため》に、送り出したファミリー《シミャー》が全滅した詳しい経緯を知らなかった」

「概要だけでも分からないのか」

「やはり、返り討ちに遭ったのでは？」

「ターゲット《ツエーリ》本人ではなくヨツバが動いた可能性も高い」

「日本の諜報《ちょうほう》組織が動いた可能性を無視するべきではない」

「憶測で議論をしても不毛だ。論ずべき問題点は、失敗したミッションに対する、今後の対応ではないか」

「…………」

一人の幹部の指摘によって、重苦しい沈黙が生まれた。

「……今後の対応と言っても、このミッションはギルド最高幹部に命じられたものだ。中止という選択肢は無い」

沈黙を破ったのは議長役の男だった。

「それを踏まえて、意見を聞きたい。どうすべきだと思う？　準備にもっと時間を掛けるべきか？　大人数で一気に仕掛けるべきか？　少数精鋭で機会を窺《うかが》うべきか？」

「私は慎重に進めるべきだと思う。第二陣を送り込むのは、今回ファミリー《シミヤー》を全滅に追いやったのが何者なのかを突き止めた後にすべきだ」

「それでは防備を固める時間をターゲット《ツエーリ》に与えることになりはしないか」

「そもそもこれ以上時間を掛けていられるのか？　このミッションは一年以上前に命じられたものだ。ギルドは吉報を待っているのではないか」

「……相手は現代の魔王《サタナ》だ。ミッションの難度はギルドも理解しているはずだ」

「今はターゲット《ツエーリ》も警戒しているだろう。少数で慎重に工作を進めて相手の隙を窺《うかが》うべきだと思うが」

「大人数を送り込めば、どうしても目に付いてしまう。今回の失敗で新ソ連からの入国者は警戒されるに違いない。現地でエージェント《アギエーント》を調達できないだろうか」

「フム……」「そうだな……」「………………」

その意見に、反対の声は無かった。

「しかし、そんな都合の良《い》い日本人がいるのか？」

ただ実現可能性に疑問が呈された。

「日本人に限定する必要は無いだろう。この国から日本に亡命した者も少なくない」

「しかしこのミッションのエージェント《アギエーント》として使える人間となると、条件はひどく厳しいぞ」

「……………」

「……ありがとう。皆の考えは分かった」

室内に行き詰まりの空気が漂い始めたところで、議長役が総括に入った。

「今回は多くのファミリー《シミヤー》を送り込んで失敗した。確かにこの事実は無視できない。やり方を変えるべきだろう」

「では少数精鋭による奇襲の方針で行くのか？」

「現地のエージェント《アギエーント》発掘も並行して進めることにする。これは途中で投げ出すことが許されないミッションだ。あらゆる手段を尽くして暗殺を成功させなければならない」

「金と手間を惜しんでいる場合ではないか。ギルドも、そのつもりで支援してくれれば良いのだが」

マフィア・ブラトヴァは大組織だが、人員も資金も無限ではない。ミッションにリソースを注《つ》ぎ込《こ》みすぎて自滅、という事態があり得なくはない。

不吉な予感を口走った幹部が本気でないのは、愚痴を零《こぼ》す口調で分かった。
だが同席する仲間たちは、彼のセリフを笑い飛ばす気にはなれなかった。

●佐島　勤著作リスト

「魔法科高校の劣等生①～㉜」（電撃文庫）
「魔法科高校の劣等生SS」（同）
「魔法科高校の劣等生　Appendix①～②」（同）
「続・魔法科高校の劣等生　メイジアン・カンパニー①～⑥」（同）
「新・魔法科高校の劣等生　キグナスの乙女たち①～⑤」（同）
「魔法科高校の劣等生　司波達也暗殺計画①～③」（同）
「魔法科高校の劣等生　夜《ヨル》の帳に闇《ヤミ》は閃く」（同）
「ドウルマスターズ1～5」（同）
「魔人執行官《デモーニック・マーシャル》　インスタント・ウィッチ」（同）
「魔人執行官《デモーニック・マーシャル》2　リベル・エンジェル」（同）
「魔人執行官《デモーニック・マーシャル》3　スピリチュアル・エッセンス」（同）

本書に対するご意見、ご感想をお寄せください。

ファンレターあて先
〒102-8177　東京都千代田区富士見2-13-3
電撃文庫編集部
「佐島 勤先生」係
「石田可奈先生」係

本書は著者の公式ウェブサイト
『佐島 勤 OFFICIAL WEB SITE』にて掲載されていた小説に加筆・修正したものです。

電撃文庫

魔法科高校《まほうかこうこう》の劣等生《れっとうせい》
夜《ヨル》の帳《とばり》に闇《ヤミ》は閃《ひらめ》く

佐島《さとう》 勤《つとむ》

2023年８月10日　初版発行

発行者　山下直久
発行　株式会社KADOKAWA
〒102-8177　東京都千代田区富士見2-13-3
0570-002-301（ナビダイヤル）
装丁者　荻窪裕司（META＋MANIERA）
印刷　株式会社暁印刷
製本　株式会社暁印刷

ISBN978-4-04-915115-2　C0193　Printed in Japan

電撃文庫　https://dengekibunko.jp/

電撃文庫DIGEST　8月の新刊

発売日2023年8月10日

新作

魔法科高校の劣等生

夜《ヨル》の帳に闇《ヤミ》は閃く

著／佐島 勤　イラスト／石田可奈

2099年春、魔法大学に黒羽亜夜子と文弥の双子が入学する。新たな大学生活、そして上京することで敬愛する達也の力になれる事を楽しみにしていた。だが、そんな達也のことを狙う海外マフィアの影が忍び寄り——。

新作

小説版ラブライブ！
虹ヶ咲学園スクールアイドル同好会

紅蓮の剣姫
～フレイムソード・プリンセス～

著／五十嵐雄策　イラスト／火照ちげ
本文イラスト／相模　原作／矢立 肇　原案／公野櫻子

電撃文庫と「ラブライブ！虹ヶ咲学園スクールアイドル同好会」が夢のコラボ！　せつ菜の愛読書『紅蓮の剣姫』を通してニジガクの青春の一ページが紡がれる、ファン必見の公式スピンオフストーリー！

とある暗部の少女共棲《アイテム》②

著／鎌池和馬　キャラクターデザイン・イラスト／ニリツ
キャラクターデザイン／はいむらきよたか

アイテムに新たな仕事が。標的は美人結婚詐欺師『ハニークイーン』、『原子崩し』能力開発スタッフも被害にあっており、麦野は依頼を受けることに。そんな麦野たちの前に現れたのは、元『原子崩し』主任研究者で。

ユア・フォルマⅥ
電索官エチカと破滅の盟約

著／菊石まれほ　イラスト／野崎つばた

令状のない電索の咎で謹慎処分を受けたエチカ。しかしトールボットが存在を明かした「同盟」への関与が疑われる人物の、相次ぐ急死が発覚。検出されたキメラウイルスの出所を探るため、急遽捜査に加わることに——。

男女の友情は成立する？（いや、しないっ!!） Flag 7.
でも、恋人なんだからアタシのことが1番だよね？

著／七菜なな　イラスト／Parum

夢と恋、両方を追い求めた文化祭の初日は、悠宇と日葵の間に大きなわだかまりを残して幕を閉じた。その翌日。「運命共同体（しんゆう）は——わたしがもらうね？」そんな宣言とともに凛音が“you”へ復帰し……。

錆喰いビスコ9
我の星、梵の星

著／瘤久保慎司　イラスト／赤岸K
世界観イラスト／mocha

〈錆神ラスト〉が支配する並行世界・黒時空からやってきたレッドこともう一人の赤星ビスコ。"彼女"と黒時空を救うため、ビスコとミロは時空を超えた冒険に出る！　しかし、レッドにはある別の目的があって……

クリムヒルトとブリュンヒルド

著／東崎惟子　イラスト／あおあそ

「竜殺しの女王」以降、歴代女王の献身により栄える王国で、クリムヒルトも戴冠の日を迎えた。病に倒れた姉・ブリュンヒルドの想いも背負い玉座の間に入るクリムヒルト。そこには王国最大の闇が待ち受けていた——。

勇者症候群2

著／彩月レイ　イラスト／りいちゅ
クリーチャーデザイン／劇団イヌカレー（泥犬）

秋葉原の戦いから二ヶ月。「カローン」のもとへ新たな女性隊員タカナシ・ハルが加わる。上からの“監視”なのはバレバレ。それでも仲間として向き合おうと決意するカグヤだったが、相手はアズマ以上の難敵で……!?

クセつよ異種族で行列ができる結婚相談所2
～ダークエルフ先輩の寿退社とスキャンダル～

著／五月雨きょうすけ　イラスト／猫屋敷ぷしお

ダークエルフ先輩の寿退社が迫り、相談者を引き継ぐアーニャ。ひときわクセつよな相談者の対応に追われるなか、街で流行する『写真』で結婚情報誌を作ることになる。しかし、新しい技術にはトラブルはつきもので……

命短し恋せよ男女2

著／比嘉智康　イラスト／間明田

退院した4人は、別々の屋根の下での暮らしに——ならず！　（元）命短い系男女の同居＆高校生活が一筋縄でいくわけもなく、ドッキリに勘違いに大波乱。　余命宣告から始まったのに賑やかすぎるラブコメ、第二弾！

絶対ナル孤独者《アイソレータ》
THE ISOLATOR
realization of absolute solitude
「絶対的な、《孤独》を求める……
だから僕のコードネームは孤独者《アイソレータ》です」
『AW』と『SAO』に続く、川原礫の描く第3の物語！
Reki Kawahara
川原 礫
illustration»Simeji
イラスト◎シメジ
電撃文庫

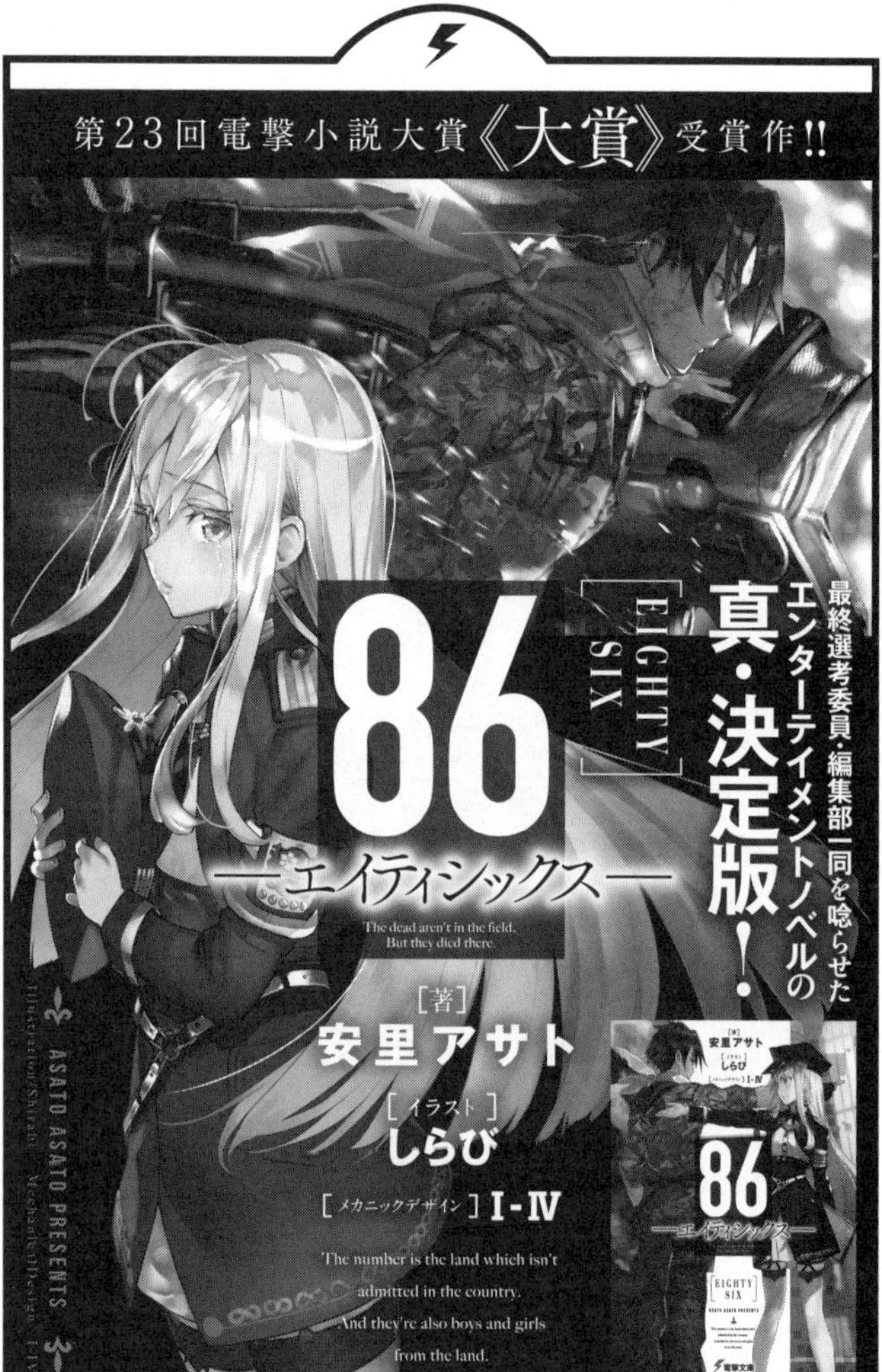
第23回電撃小説大賞《大賞》受賞作!!
最終選考委員・編集部一同を唸らせた
エンターテイメントノベルの
真・決定版!
86
—エイティシックス—
[EIGHTY SIX]
The dead aren't in the field.
But they died there.
[著]
安里アサト
[イラスト]
しらび
[メカニックデザイン] I-IV
The number is the land which isn't
admitted in the country.
And they're also boys and girls
from the land.
ASATO ASATO PRESENTS
電撃文庫